# 悉达多

Siddhartha
-
Eine indische
Dichtung

〔德〕赫尔曼·黑塞

姜乙———译

———著

Hermann
Hesse

天津出版传媒集团

天津人民出版社

果麦文化 出品

# Inhalt

献给我敬爱的朋友罗曼·罗兰

## Erster Teil

# 第一部

## 婆罗门之子

悉达多，俊美的婆罗门[1]之子，年轻的鹰隼，在屋舍阴凉处，在河岸船旁的阳光中，在娑罗双林和无花果树的浓荫下，与他的好友，同为婆罗门之子的乔文达一道长大。他浅亮的臂膀，在河边沐浴时，在神圣的洗礼和祭祀中，被阳光晒黑。杧果林的树影，在孩童嬉戏间，在母亲的歌声里，在智慧父亲的教诲中，在至高无上的牺礼上，潜入他的黑眸。悉达多早已加入智者的交谈。他和乔文达一道修习辩论，修习参禅的艺术及冥想的功夫。他已学会无声地念诵"唵"[2]

---

这一辞中之辞，无声地、聚精会神地在呼吸间吐纳这辞。这时，清明的心灵之光闪耀在他的前额。他已学会体认内在不朽的阿特曼[1]，同宇宙合一。

欢喜涌上他父亲的心头。这个善悟而渴慕知识的儿子将成长为伟大的贤士和僧侣，成长为婆罗门中的王。

母亲看见儿子落座，起身；看见悉达多，她强壮英俊、四肢修长的儿子，以完美的礼仪向她问安，幸福便在胸中跃动。

年轻的婆罗门女儿们看见悉达多以王者之姿走过城中街巷，额头清朗，背影颀长，心中不免泛起爱情的涟漪。

而最爱他的人是乔文达。他爱悉达多的目光和仁慈的嗓音；他爱他的步态，他行动时的优雅完美。他爱悉达多的一切言行，但更爱他的精神，他崇高激昂的思想、强大的意志和高贵的使命感。乔文达知道：悉达多不会成为卑劣的婆罗门，腐败的祭司，贪婪施咒的商贩，虚荣空洞的辩术士；他也不会成为邪恶奸诈的僧侣，信众中善良愚蠢的羔羊。不，即便是他乔文达也不愿成为那样的人。他不想做千万庸碌的婆罗门中的一员。他要追随他，为人拥戴而神圣的悉达多。他要追随他，当

---

1 Atman，自我，神我。

悉达多成了神，抵达无量光明的世界，他仍要做他的朋友、他的随从、他的仆人、他的侍卫、他的影子。

所有人都热爱悉达多。悉达多令所有人喜悦。所有人都对他兴致勃勃。

可是他，悉达多，却无法让自己喜悦，无法让自己略有兴致。他在无花果园的玫瑰小径上漫步，在幽蓝的树影下静思，在救赎池中每日洁净身体，在杧果林浓荫匝地处献祭。他优雅完美的举止讨人欢心，令人赏心悦目，可他心中却并无喜悦。梦境侵袭他，无尽的思绪从河流中涌出，在繁星中闪耀，自太阳的光辉中洒落；当祭祀的烟火升腾，《梨俱吠陀》[1]的诗句弥漫，当年长的婆罗门和智者的教诲不绝于耳，悉达多的灵魂悸动不安。

悉达多心中的怅然一日胜过一日。他开始感到，父亲的爱，母亲的爱，他的朋友乔文达的爱，都不会一直带给他幸福、安宁和满足。他开始感到，他可敬的父亲和其他智慧的婆罗门已将他们大部分思想传授给他，而他依旧灵魂不安，

---

1 Rig-Veda，颂神诗集。"梨俱"意为诗节。印度上古时代称为吠陀时代。"吠陀"也意为"知识""启示"。吠陀本集约产生于公元前15世纪至公元前10世纪，共分《梨俱吠陀》《娑摩吠陀》《夜柔吠陀》和《阿达婆吠陀》四部。

心灵不宁。他充满渴望的精神容器仍未盛满。洗礼虽善，但那只是水，不能洗涤罪孽，满足焦渴的灵魂，抚慰畏惧的心灵。向诸神献祭和祈祷固然好——但这即是一切？献祭能带来幸福吗？诸神又当如何？创世的果真是生主[1]而不是阿特曼？那唯一的、孤独的阿特曼？诸神不是形同你我？他们被创造出来，同样受限于光阴，同样命运无常，终有一死？那么向诸神献祭，是善和对的、明智和高尚的作为吗？除了阿特曼，还有谁值得去献祭、去尊崇？可阿特曼在哪里？去哪里找它，何处是它的居所？它永恒的心房在何处跳动？难道不是在内在的"我"中，在每个人坚不可摧的内心深处跳动吗？然而这"我"，这深处，这最终的阿特曼在哪里？它不是筋骨和肉体，不是思想和知觉，如智者们教诲的那样。它在哪里？哪里另有一条迫近"我"，迫近内在，迫近阿特曼的路？一条更值得寻找的路？啊，没人能指明这条路。没人认得它。不论父亲、老师还是智者。即便在颂神祭歌中也无从寻得。哪怕婆罗门及其神圣之书包罗万象：创世、语言的起源、饮食、呼吸、感官秩序，诸神的作为——它确实极为

---

1 Prajapati，创造主，造物主。

渊博——但它如果不知晓那最重要的、唯一的东西，了解上述这一切又有何意义？

的确，神圣之书中许多精彩的篇章，特别是《娑摩吠陀》[1]奥义书[2]中的诗句，曾论及这种最深处的终极之物。它写道："彼之灵魂即整个宇宙"；它还写道，人在酣眠时便进入内心深处，住在阿特曼中。这些富有魔力的诗句，集世代圣贤思想之大成，蕴含惊人的智慧，如蜜蜂采集的蜂蜜般纯粹。不，这些由无数智慧的婆罗门传承者搜集保存下来的智识不容忽视。然而那些不仅领悟，还践行这深奥知识的婆罗门，僧侣、圣贤和忏悔者在哪里？那些熟谙之人，那些不仅在酣眠中，也在清醒时，在实在的现实里，在言语和行动中住在阿特曼中的人在哪里？悉达多认识许多可敬的婆罗门，首先是他的父亲。他纯粹、博学，德高望重。他举止沉静高雅、生活质朴、言语练达，头脑中充满高贵的思想——但如此渊博的父亲，就能拥有内心永恒的幸福和平静吗？他不也同样是位渴望者、探索者？他同样要不断去圣泉边痛饮，去献祭，去阅读，去同其他婆罗门探讨。为何这位无可指摘的

---

1 Samavada，颂神歌曲集。
2 Upanishad，古印度哲学典籍。这一名称的原意是"坐在某人身旁"，蕴含"密传"之意。

人要每日洗涤罪孽？每日忙于清洁，每日更新？难道阿特曼没在他心中，成为他的心之源泉吗？人必须找到它。内在"我"之源泉，必须拥有自己的阿特曼！其他一切都只是寻觅、走弯路和误入歧途。

这就是悉达多的想法，也是他的渴望、他的痛苦。

时常，他默诵《歌者奥义书》[1]中的句子："诚然，梵[2]即真理——顿悟真理之人日日前往天国世界。"[3]时常，他感到天国近在咫尺，又无法完全够及。他终极的焦渴从未平复。在所有教诲过他的圣贤和智者中，也没有一人完全抵达过天国，完全消除过永恒的焦渴。

"乔文达，"悉达多对他的朋友道，"乔文达，亲爱的，跟我一起去榕树下吧！我们该潜心冥想了。"

他们走到榕树下打坐。这边是悉达多，二十步之外是乔文达。悉达多做好念诵"唵"的准备后，便喃喃道：

---

1 Chandogya-Upanishad，奥义书之一种。散文体。产生于约公元前七八世纪至前五六世纪。
2 Brahman，在奥义书中指称至高存在或至高自我，即宇宙自我。
3 本句参《奥义书》（黄宝生译.商务印书馆，2014年10月第二版。）之《歌者奥义书》(8.3.4–5)："……这是自我。它不死，无畏，它是梵（Brahman）。这个梵，名为真实。……知道这样，他就能天天前往天国世界。"

唵为弓，灵为箭，

梵乃箭之靶，

当不懈地射中它。


惯常打坐时间结束后，乔文达起身。夜幕降临，晚间沐浴的时辰到了。乔文达呼唤悉达多，悉达多并未应答。他仍沉浸在冥想中，眼睛凝视着遥远的目标，舌尖轻抵齿间，似乎静止了呼吸。他坐着，潜神冥思着"唵"字，灵魂之剑直指大梵。

那时，三位沙门[1]经过悉达多所在的城邑。他们是去朝圣的苦行者，不老也不年轻。憔悴、消瘦，几乎全裸的身躯被阳光暴晒得焦黑，尘埃和血迹布满肩头。他们是人类王国的异乡人，骨瘦如柴的胡狼。孤独、绝尘，与世界为敌。一种由无声的激情、不惜一切去献身、无情的肉体灭绝构成的灼热气息回旋在他们周身。

晚上，冥想时间后，悉达多对乔文达道："明日一早，我的朋友，悉达多将加入沙门的行列。他将成为一名沙门。"

---

1 Samana，原为古印度宗教名词，泛指所有出家、修行、苦行、禁欲，以乞食为生的宗教人士，后为佛教所吸收，成为佛教男性出家众（比丘）的代名词，意义略同于和尚。

乔文达听后脸色顿白。他从朋友不动声色的容颜上读出决绝。他的决心已似开弓之箭。乔文达意识到：时候到了，悉达多要去走自己的路。他的命运即将萌发。不仅是他的，也是他乔文达的命运。此时，他的脸色如同干枯的芭蕉壳，越发苍白。

"哦，悉达多！"他喊道，"你父亲会允许吗？" 悉达多望向乔文达，觉醒的眼光迅捷如箭般看穿乔文达的心思、他的恐惧和他的默许。

"哦，乔文达，"他轻声道，"我们不必浪费口舌。明日破晓，我即开始沙门的生活。无须再谈论了。"

悉达多走进屋舍时，父亲正坐在树皮编织的席子上。悉达多站在父亲身后，直至父亲有所察觉。"是你吗？悉达多。"这位婆罗门道，"说吧，你为何事而来。"

"您允许的话，我的父亲。"悉达多道，"我来，是为跟您说，我恳请明天离开您的家，加入苦行者的行列。我渴望成为一名沙门。希望您不会阻挠。"

婆罗门沉默良久。星星攀上窗际时，屋内仍寂静无声。儿子交叉双臂纹丝不动地站着，一言不发。父亲也纹丝不动，一言不发地坐在席子上。唯有星斗在空中挪移。这时，父亲道："婆罗门不该有激烈恼怒的言辞，但我心中确有不快。从你口中，我不想再听到这一请求。"

婆罗门说毕，缓慢起身。悉达多依旧交叉双臂，纹丝未动。

"你还在等什么？"父亲问。

"这您知道。"悉达多答。

父亲气愤地走出房间，气愤地走去他的床铺躺下身来。

一小时后，无眠的婆罗门起身。他来回踱步，继而走出房间。透过窗子，他看见双臂交叉，纹丝未动，依旧伫立着的悉达多。他浅色的衣衫发着微光。父亲心生不安，又踱回房间。

又一小时后，无眠的婆罗门再次起身。他来回踱步，继而走出房间。月亮当空高悬。透过窗子，他看见依旧伫立的悉达多，双臂交叉，纹丝未动。月华照亮他裸露的脚踝。父亲心生忧虑，又踱回房间。

一小时后，两小时后，他不断起身。透过窗子，他瞭望月光中、星光中、黑暗中的悉达多。他默默地一次次起身，望向窗外纹丝不动伫立着的儿子。心中充满恼怒和不安，恐惧和痛苦。

破晓前的最后一小时。他走出房间，看见伫立于眼前的少年高大而陌生。

"悉达多。"他道，"你还在等什么？"

"您知道。"

"你打算一直这样站着等待，直至天明，直至正午，直至夜晚吗？"

"我会站着等待。"

"你会疲惫的，悉达多。"

"我会疲惫。"

"你会睡着的，悉达多。"

"我不会睡着。"

"你会死去的，悉达多。"

"我会死去。"

"你宁愿死去，也不愿服从你的父亲吗？"

"悉达多一向服从他的父亲。"

"那你会放弃你的打算吗？"

"悉达多会做他父亲要求的事情。"

第一缕晨光照进屋舍。婆罗门看见悉达多的双膝轻微战栗。但他的脸没有战栗。他的目光专注于远方。父亲意识到，悉达多已不在他身边。他已离开家乡，离开他。

父亲抚摩悉达多的肩膀。

"你即将步入林中成为一名沙门。"他道，"如果在林中，你寻得至高无上的幸福，就回来教我修习。如果你只收获幻灭，那也回来，我们再一道祭奉诸神。现在，去和你的母亲吻别，告诉她你的去向。至于我，清晨沐浴的时辰已到，我要去河边了。"

他把手从儿子肩头抽回，走出门去。悉达多试图移步时身体打了个趔趄。他控制身体，向父亲鞠躬后，走向母亲，去做父亲吩咐的事。

破晓时分，当悉达多拖着僵硬的双腿离开尚在沉睡的城邑，一个蹲伏的身影从房舍间跃出。他也要加入朝圣者的行列——他是乔文达。

"你来了。"悉达多含笑道。

"我来了。"乔文达道。

# 沙门

当晚，他们追上苦行者，向三位枯瘦的沙门请求同行，并承诺顺从。他们被接纳了。

悉达多将长袍送给街上一位贫穷的婆罗门，身上只系一条遮羞布，披一件未缝的土色斗篷。他每日只进食一次，且是生食。他斋戒了十五日。他斋戒了二十八日。他的身躯和面颊日渐消瘦。因消瘦而变大的双眼中闪烁着热烈的幻梦。他枯瘦的手指长出长长指甲，下巴生出干枯蓬乱的胡须。他遇见女人时目光冷淡，遇见城中穿着华美之人，嘴角流露出轻蔑。他见到商贩经商，君侯外出狩猎，服丧者哀号，娼妓出卖色相，医生救治病人，祭司定夺播种之日，情侣们相互爱抚，母亲们哺乳——这一切都让他不屑。一切都是欺骗，都散发着恶臭，谎言的恶臭。一切欲望、幸福和优美皆为虚幻。一切都在腐朽。世界是苦涩的。生活即是折磨。

悉达多唯一的目标是堕入空无。无渴慕，无愿望，无梦想。无喜无悲。"我"被去除，不复存在。让空洞的心灵觅得安宁，在无"我"的深思中听便奇迹。这是他的目标。当"我"被彻底征服，当"我"消亡，当渴求和欲望在心中寂灭，那最终的、最深的非"我"存在，那个大秘密，必定觉醒。

缄默地，悉达多站在如火的骄阳下，疼痛和焦渴燃烧他。他站着，直至不再感到疼痛焦渴。雨季时，他缄默立于雨中。雨水从发梢滴落到他冻僵的肩头，滴落到冻僵的髋部和双腿。这位苦行者立于雨中，直至肩膀和双腿不再感到寒冷，直至它们麻痹。缄默地，悉达多蹲在刺藤中。灼痛的皮肤渗出血，流出脓，悉达多不为所动。他蹲着，直至不再滴血，不再感到如针戳、如火灼。

悉达多笔直而坐，修习敛息。他修习相安于微弱的呼吸中，修习屏气。他的修习从呼吸开始，继而修习平定心跳，避免心跳，直至心跳减缓乃至停止。

跟随一位沙门长老，悉达多遵从沙门戒律，修习克己及禅定。一只苍鹭飞越竹林时，他将灵魂嵌入苍鹭之躯。他化为苍鹭，飞越森林和山峦，吞食鲜肉，忍苍鹭之饥，啼苍鹭之哀鸣，死苍鹭之死。一匹死去的胡狼横卧沙滩时，他的灵魂钻进胡狼的尸身。他变成胡狼，尸体膨胀、发臭、腐烂，被鬣狗撕碎，被兀鹰啄食，成为一具骨架，化为灰，飞散在旷野中。悉达多的灵魂重新返回时，已历经死亡、腐朽和尘化，已品尝轮回阴暗的醉意。他好似猎人，在新的渴望中瞄准摆脱轮回的出口，缘起的终结之处，无忧而永恒的开端。他扼杀感官，毁灭记忆。他从"我"中溜走，融入陌生的万物中。他是动物，是尸身，是石，是木，是水。但他总是重新出定，在阳光下或月光中重归于"我"，在轮回中打转，重新觉察到渴望。他压制渴望，又收获新的渴望。

悉达多从沙门处学到很多。他学会诸多克己之方法。他通过受苦，志愿受苦和战胜疼痛、饥饿、焦渴和疲惫，走向克己。他通过禅定，通过在一切表象前心神凝定走向克己。他学会诸多修炼之道。他曾千百次摆脱"我"。他曾整时整日停驻在无"我"中。这些修行均从"我"出发，终点却总是回归于"我"。尽管悉达多千百次弃绝"我"，逗留在虚无中，化为动物、石头，回归却不可避免。重归于"我"无法摆脱。在阳光中、月华下,在遮荫处和雨中,他重新成为"我",成为悉达多,重新忍受轮回赋予的折磨。

乔文达,他的影子,和他生活在一起,也走了同样的路,付出同样的艰辛。他们在修习和献祭时鲜有交流。偶尔,两人得以同去村落为自己和师父们乞食。

"你怎么看,乔文达?"在一次乞食途中,悉达多问,"你认为我们有进步吗?我们实现了目标吗?"

乔文达答:"我们学了不少。我们依然在学。你将成为伟大的沙门,悉达多。沙门长老常常赞叹,你学什么都快。你将成为圣人,哦,悉达多。"

悉达多道:"我并不这么看,我的朋友。至今我在沙门处学到的东西,乔文达,我本可以更快更便捷地学到。在花街柳巷的酒馆里,我的朋友,在脚夫和赌徒处,我都能学到。"

乔文达道:"悉达多你是在和我说笑。你怎么可能在那些贫乏者中学会禅定,学会屏息敛气,学会忍受饥饿和痛苦?"

悉达多轻声道,仿佛自言自语:"禅定是什么?什么是脱离肉体?斋戒是什么?什么是屏息敛气?那不过是逃避'我',是暂时从'我'的折磨中逃出来,是对生命的虚无和痛苦的暂时麻醉。这种逃避、麻醉,即便是驱牛者也能在客栈中找到。他只消喝上几杯米酒或发酵的椰子奶就能忘掉自己。他将感受不到生活的痛苦，他被暂时麻醉，在米酒的杯盏间昏沉入睡。他同样能获得悉达多和乔文达通过长久修习才获得的弃绝肉体与停留在无'我'中的感受。就是这样，乔文达。"

乔文达道："你这样说，哦，朋友，你当然知道，悉达多不是驱牛车夫，沙门也不是酒鬼。酗酒者可以被麻醉，他可以获得短暂的逃避和休憩，但当他从幻觉中醒来时会发现一切依旧。他没有成为智者，没有积累知识，也没有进入更高的境界。"

悉达多含笑道："我不知道。我从不是酒鬼。但是我，悉达多，在修习和禅定中只收获短暂的麻醉。我仍似一个在子宫内的婴孩，距离开悟、解脱十分遥远。这我知道。乔文达，这我知道。"

另一次，悉达多和乔文达一同走出森林，去村落为兄长和师父乞食。悉达多开口道："那么，乔文达，我们走对了路吗？我们离知识近了吗？离解脱近了吗？抑或我们不过是在原地打转——我们原本不是要摆脱轮回吗？"

乔文达道："我们学了很多，悉达多。许多还需修习。我们没有打转，我们在攀登，打转如同陀螺，我们却已升了几级台阶。"

悉达多问："你认为我们景仰的师父，那位沙门长老多大年纪？"

乔文达答："我猜他六十岁。"

悉达多道："他已六十岁，依然没有证悟涅槃。他将七十岁，八十岁；你和我，我们也同样会变老，也将继续修习、斋戒、冥想。但我们不会证悟涅槃。他不会，我们也不会。哦，乔文达，我想，可能所有沙门都无法证悟涅槃。我们只寻得安慰、麻醉，我们只学了些迷惑自己的把戏。我们根本没有找到那条道中之道。"

"别这么说。"乔文达道，"不要耸人听闻，悉达多！这众多热忱、勤奋、圣洁的智者，婆罗门，众多严谨可敬的沙门，众多孜孜以求者，难道都寻不到那道中之道吗？"

悉达多的声音饱含悲痛和嘲讽。他饱含悲痛和嘲讽地轻声道："不久，乔文达，你的朋友将离开这条与你并肩走过的沙门之路。我忍受焦渴，哦，乔文达，在这条路上，我的焦渴没有获得丝毫缓解。我一直渴慕知识，充满疑惑。年复一年，我求教婆罗门，求教神圣的吠陀。年复一年，我求教虔诚的沙门。年复一年。或许，乔文达，或许我去求教犀鸟或黑猩猩也同样受益，同样获得才智，同样奏效。长久以来我耗费时间，现在仍未停止耗费，只为了获悉，哦，乔文达，人无法学会任何东西！我想，万物中根本没有我们称之为'修习'的东西。哦，我的朋友，只有一种知识，它无处不在，它就是阿特曼。它存在于'我'中，存在于'你'中，存在于一切中。因此我开始相信：这种知识最恼人的敌人莫过于求知欲和修习。"

乔文达停步，举起双手道："悉达多，不要说这些话吓唬你的朋友！的确，你的言论让我恐惧。想想看，如果如你所云，根本不存在'修习'，那祈祷的神圣，婆罗门种姓的荣耀和沙门的虔敬将被置于何地！哦，悉达多，这世间一切圣洁宝贵和令人尊敬的东西又都成了什么哪？"

说罢，乔文达喃喃诵念奥义书中的诗行：

> 以深思之精神，纯粹之精神，
> 沉浸于阿特曼中之人，
> 胸中之极乐难以言表。

悉达多沉默不语。他久久思索着乔文达的话，一字一句地思索他的话。

悉达多垂首伫立。是的，他想，还剩下什么？什么能彰显神圣？什么能留下来？什么能经受考验？他摇了摇头。

彼时，两位青年已于沙门处生活并苦修了几近三年。他们从多方获悉一则传闻，一则流言：一个叫乔达摩的人现世了，他是世尊佛陀。他已战胜尘世疾苦，止息转生之轮。他传经授业，弟子众多。他云游四海，没有财产，没有家室，他是一位明贤智慧、身披僧衣的苦行者，一位得道之人。婆罗门和君侯们都顶礼膜拜他，皈依为他的弟子。

传闻和流言沸沸扬扬。城中婆罗门、林中沙门无不谈论此事。乔达摩，佛陀的名字不断回响在青年耳畔。有善言有恶语，有赞誉也有诽谤。

正如瘟疫肆虐时必定传言四起：有个人，一位圣贤、先知，他的言辞和气息就能治愈病患。传言传遍全国，人人谈论。有人深信，有人怀疑，而有人已去追随圣贤和救星的足迹。乔达摩、佛陀、释迦宗族智者的传说就这样传遍全国。信众说：他智慧绝伦，记得前世，他证悟了涅槃，摆脱了轮回之苦，无须再浸没于万物浊流。传说精彩，闻所未闻：他行神迹，降妖孽，他和诸神交谈。而他的敌对者和怀疑者则说：这位乔达摩不过是位自命不凡的骗术士；他奢靡度日，蔑视献祭，不学无术；他绝非潜心修行、清心寡欲之人。

关于佛陀的传说华美而散发魔力。世界病入膏肓，生命不堪重负——可是看！这里涌出一眼清泉，此处回响天人召唤。满是抚慰，令人振奋，满是高贵的承诺！有关佛陀的传说无所不在，国中青年热衷此事，他们充满渴望，怀抱期盼。朝圣者和外乡人也在城邑和村落受到婆罗门后裔的款待，只要他们带来世尊释迦牟尼的消息。

传闻也传入林中沙门耳中，传入悉达多和乔文达耳中。传闻像零星小雨，缓慢滴落，每滴都带着巨大的希望，每滴都令人难以置信。沙门们很少谈及此事，因为沙门长老对此人全无好感。他听说这位所谓佛陀曾是一名沙门，生活在林中，之后又回到奢靡无度和寻欢作乐的尘俗中，为此他根本不把这位乔达摩放在眼里。

"哦，悉达多，"一日，乔文达对他的朋友说，"今天我去村落，一位婆罗门邀我去他的宅邸。在他的宅邸里我遇见一位刚从摩揭陀[1]回来的婆罗门后裔。此人亲眼见过佛陀，

---

1 Magadha，中印度之古国。佛陀一生中大部分时间在摩揭陀度过。

亲耳听过佛陀宣法。真的，我胸中的痛苦让我不得透气，我暗自想：难道我，难道我们俩，悉达多和我，不该去亲身经历、亲耳听闻这位修得圆满的世尊宣法吗！你说，我的朋友，难道我们不该去亲耳聆听佛陀的法义吗？"

悉达多道："一直以来，乔文达，我都认为，乔文达会留在沙门中。我一直相信，他的目标是活到六十岁、七十岁，不断从事那些沙门们用来装点门面的修习和技艺。可是你看，我对乔文达了解甚少。我对他的心思还没看透。原来你也想，我最忠诚的朋友，走一条新路，去聆听佛陀宣法。"

乔文达道："你依旧喜欢嘲讽。你尽管嘲讽我，悉达多！难道你心中没有萌生去聆听这位觉者宣法的渴望和欲念吗？你不是曾和我说过，你不会在沙门之路上久留吗？"

悉达多以他特有的方式笑了。他的笑声里一半是悲痛，一半是嘲讽。他道："很好，乔文达，你说得很好。你记得也没错。但愿你还记得从我这里听到的其他话：我已对法义和修习感到怀疑和厌倦。我不再信仰圣贤的言辞。但是好吧，亲爱的，我打算去聆听那人的法义——尽管我坚信，我们已品尝过这法义中最好的果实。"

乔文达道："你的决定让我欢喜。但是你说，这怎么可能？我们怎么可能还没聆听乔达摩宣法，就品尝了它最好的果实？"

悉达多道："让我们享用这果实，并继续期待。哦，乔文达！无论他是否还有其他更好的赐予我们，现在，我们就该因着这果实而感谢乔达摩，是他召唤我们离开沙门！哦，朋友，我们静心期待吧。"

当天，悉达多便告知沙门长老，他们决定离开。他的礼貌和谦逊符合后辈和弟子的规矩，可沙门长老却因为两位青年要离开而大发雷霆。他高声叫嚷，甚至破口大骂。

乔文达惊恐异常，陷入窘境。悉达多却凑到乔文达耳边低语道："现在我要向沙门长老展示我在他那里学到的绝技。"

他一边凑到沙门长老跟前站定，屏气凝神，一边目不转睛地注视长老的双眼。他要施以法术，让他无法发声，丧失意志，屈服于他并听命于他。老沙门真的沉默了。他呆若木鸡，意志瘫痪，双臂下垂，在悉达多的法术下无能为力。悉达多的思想强占了老沙门的思想，他不得不执行悉达多的指令。但见他频频鞠躬，以祈神的姿态结巴着祝福他们旅途平安。两位青年也鞠躬致谢，回以祝福，启程离去了。

途中，乔文达道："哦，悉达多，你在沙门那里学到的东西比我知道的还要多。向一位沙门长老施展法术并非易事，可以说非常难。真的，如果你再留在那里一阵，你很快就能学会在水面行走。"

"在水面行走并不是我的追求。"悉达多道，"还是让那些沙门老朽为这些把戏沾沾自喜吧！"

# 乔达摩

舍卫城[1]中的每个孩子都知晓世尊佛陀的大名。家家户户都预备着布施默默乞食、手托钵盂的乔达摩弟子。乔达摩最爱栖身城外的祇树给孤独园[2]。该园由一位富庶的商人,也是世尊忠诚的追随者,给孤独[3]敬献。

两位朝拜乔达摩的青年沙门,一路探询到达此地。他们入了舍卫城,便即刻在第一间屋舍外站立乞食。受到款待后,悉达多问那位施舍斋饭的妇人:

"仁慈的女施主,我们很想知道世尊佛陀的下落。我们是

---

1 Sravathi,古印度佛教圣地。
2 Hain Jetavana,佛陀宣法的著名遗迹,位于今印度北方邦,是佛教史上最具传奇色彩的圣地。据说佛陀在这里度过了二十四个雨季。
3 Anathapindika,佛陀的第一位施主。他的名字的意思是施给(pinda)孤独无助者(anatha)。

林中来的沙门，希望见到这位觉者，希望聆听他亲口宣法。"

妇人道："林中来的沙门，你们到了此处，就是来对了地方。世尊居住在给孤独长者的祇树给孤独园中。你们可以在祇园过夜，那里有足够的空间，供纷至沓来聆听法义的朝圣者留宿。"

乔文达喜出望外，他欢叫道："这可是大好！我们抵达了目的地，我们的路途已至终点！请告诉我们，这位朝圣者的母亲，您是否认识他，那位佛陀，可否亲眼见过他？"

妇人道："我曾多次见过佛陀。我多次见他行游街市，沉默寡言，身披僧衣。他缄默地驻足于屋舍前，以手承钵，并托着盛满斋食的钵盂离去。"

乔文达听得入迷，还想继续提问，听更多关于佛陀的轶事。但悉达多催促他继续赶路。于是他们致谢后上路。几乎不用再询问方向，在赶往祇园的路上有众多乔达摩僧团的徒众和朝圣者。夜晚抵达后，仍有众多僧俗陆续到来。一些人叫嚷着，请求分得留宿之处。两位沙门，习惯荒林丛莽生活，很快无声落定栖息，直至天明。

日出时分，他们惊讶地发现，在此过夜的徒众和好奇者众多。着僧衣的僧侣穿梭于壮丽的祇园各处。他们三五成群，或坐于树下深入禅定，或谈经论道。绿树成荫的院落宛如一座城池，挤满熙来攘往的人们。多数僧侣正手托钵盂外出，他们要进城为每日唯一的一餐乞食。觉者佛陀也在清晨外出乞食。

悉达多见到他。仿似神灵指点，他即刻认出他。他看见那位质朴无华的着僧衣者，手持钵盂，静默前行。

"看！"悉达多轻声对乔文达道，"此人就是佛陀。"

乔文达目不转睛地看着这位着僧衣的僧人，他看上去和其他僧人别无二致。旋即，乔文达也认出了他：此人便是佛陀。于是他们跟随他，打量他。

佛陀缄默前行，陷于沉思。他宁静的面庞无悲无喜，又仿佛从内心绽放轻柔的微笑。佛陀安详肃静地前行，带着隐约的微笑，宛如一个健康的孩童。他严格依照规范，同他的徒众着一致的僧衣，迈同样的步履。只是他的面庞，他的步态，他安然低垂的眼帘，宁和垂下的手臂，乃至他手上的每根指头都流露平和，彰显完善。他无欲满足，无所模仿。在恒久不变的平静中，在永不凋零的光芒中，在不容进犯的和平中，他柔和地呼吸着。

乔达摩就这样穿过城邑乞食。两位沙门从他完满的安详中认出他，从他寂静的仪态中认出他。从他的全无所慕、浑然天成、无所烦劳中认出他。在他的周身，唯独充盈光明与和平。

"今天，我们将聆听至尊亲口宣法。"乔文达道。

悉达多没有作答。他对法义全无好奇。他不相信法义能带给他新知。他和乔文达一样，已经一再从多方渠道获取佛陀法义的宗旨。他仅仅专心致志地观察乔达摩的头部，他的肩膀、双足，他垂下的双手。他看上去仿佛每个指关节处都写满法义，都在言说，在吐纳，在散发真理的光辉。这个人，佛陀，周身上下乃至手指都是真的。这个人是神圣的。悉达多从未如此敬重过一个人，从未如此爱慕过一个人。

两人默默跟随佛陀进城又返回。他们决定当天禁食。他们看见乔达摩还至本处，看见他走入弟子中用饭——他所食之少，连鸟儿都无法果腹——看见他步入杧果树的阴影中。

夜幕降临，酷热消歇，祇园中的人们活跃起来，聚集在一处聆听佛陀宣法。这时，他们听见佛陀的声音。那声音美满，安宁，平和。他论苦谛[1]，苦之缘起及其灭往何处去。他平静的论述安详清晰。苦乃人生实相，但离苦之道业已被发

---

1 根据对现实的深刻观察，佛陀总结出人生的八大痛苦：生、老、病、死、爱别离、怨憎会、求不得、五蕴炽盛。世间有情悉皆是苦，有漏皆苦，即所谓"苦谛"。

觉,跟随佛陀即可脱离苦海。

世尊以柔和坚定的声音论四圣谛[1],讲八正道[2]。他耐心地以惯常的方式讲经,举证,温故。他的声音明亮而安静地盘旋在听者上空,如光影,如星辰。

讲经结束时已是深夜。一些朝圣者走上前去,请求皈依佛陀,加入僧团。乔达摩接纳了他们。他道:"你们都妥善地聆听了法义。来步入乐园,断灭一切苦难吧。"

看哪,腼腆的乔文达也上前一步道:"我也愿皈依您及您的法义。"他祈求加入僧众并被接纳。

随后,佛陀返回安寝。乔文达走向悉达多热忱地说道:"悉达多,我无权责备你。我们两人都聆听了世尊宣法,我们都认同法义。乔文达听后已皈依佛陀。可是你,我敬爱的人,难道不想步解脱之路?你还在犹豫,还在等待吗?"

悉达多听到乔文达的话如梦方醒。他久久地凝视着乔文达的脸。之后绝无戏言地轻声道:"乔文达,我的朋友,你已迈出步子,你选择了这条路。哦,乔文达,你一直是我的朋友,一直紧随我。我时常问:会有那么一天,乔文达听凭

---

1 四圣谛是佛陀体悟的苦、集、灭、道四条人生真理。
2 八正道意谓达到佛教最高理想境地涅槃的八种方法和途径。

自己的心声，独自迈步前行吗？你看，你现在成了男子汉，选择了自己的路。愿你始终跟随他，哦，我的朋友！愿你寻得解脱！"

乔文达没有完全领悟悉达多的话。他急切地重复他的问题："说吧，我求你，我亲爱的悉达多！告诉我，我们别无他途。所以你，我渴慕知识的朋友，你也会皈依佛陀！"

悉达多将手放在乔文达的肩头："你并未理会我的祝愿。哦，乔文达。我再说一次：愿你将这条路走到底，愿你寻得解脱！"

乔文达顷刻间明白，他的朋友即将离开他，他哭了起来。

"悉达多！"他悲戚道。

悉达多亲切地对他说："别忘了，乔文达，你已是佛陀的沙门！你弃绝了故乡和双亲，弃绝了出身和财产，弃绝了自己的意志，弃绝了友谊。这是法义的要求，佛陀的意志，也是你的心愿。明天，哦，乔文达，我将离开你。"

两人长久地在林中漫步。安寝后仍久久无法入眠。乔文达不断地追问他的朋友，他想听他解释，他为何不容身乔达摩之法义，他在他的法义中发现了什么瑕疵。而悉达多却总是驳回追问："不要再问了，乔文达！佛陀的法义非常之好，我怎么可能发现瑕疵？"

复日清晨，一位年长的佛陀弟子召集祇园中刚刚皈依佛陀的僧众，分发僧衣，指示他们初步法理及僧团戒律。这时，乔文达出离僧团，再次拥抱了他青年时代的朋友，之后便加入了新皈依者的行列。

悉达多则沉思步入林中。

在路上，他遇见了世尊乔达摩。他恭敬地向世尊问安。因见世尊目光慈蔼安详，这位青年便鼓起勇气，请求同世尊交谈。世尊默默首肯。

悉达多道："昨天，哦，世尊，我有幸聆听您奇异的法义。我和我的朋友远道而来听您宣法。我的朋友将留在此处，他已皈依于您。我却要继续我的求道之路。"

"随你的心意。"世尊谦逊地说。

"我的话可能太过放肆。"悉达多继续道，"但如若我不坦率地将我的思想奉告世尊，我便无法离去。世尊佛陀，您可否再留一步？"

佛陀默默首肯。

悉达多道："世尊佛陀，您的法义令我钦佩。它清晰无瑕，证据确凿；您将世界以一条充满因果的永恒的链，一条从未有过任何瑕疵的链，展现在世人面前。世界从未如此清晰，从未如此不可辩驳地被呈示出来。婆罗门如若聆听您的法义，看到这个完满融通的世界，这个无瑕、清澈如水晶、不依赖偶然、不取决于诸神的世界，必定心潮澎湃。无论世界是善是恶，无论生命自身是苦是乐——这或许悬而未决，也并非最为本质——但是世界的统一，所有事件的休戚相关，大小事物席卷于同一潮流中，起源于同一起源，遵循同一生成及灭亡的律法，已从您完满的宣讲中得到阐明。哦，功德圆满的佛陀，只是，在您的法义中，在统一、逻辑完善的万物中却存在一个断裂之处。这一小小的缝隙让这个统一的世界呈现出些许陌生、些许新奇；呈现出些许迥异于从前，且无法被证实的东西：那就是您的超世拔俗，获得解脱的法义。这个小漏洞，这个小断裂，让永恒统一的世界法则变得破碎，失去效力。但愿您能宽恕我所提出的异议。"

乔达摩安静地听着，纹丝未动。这位功德圆满的觉者以慈蔼、谦和而清晰的声音道："你聆听了法义。哦，婆罗门之子，难得你深深地思索法义。你在法义中发现了一个漏洞，一个缺口。愿你能继续深入地思考。但是你这勤勉之人，要警惕多谋善断及口舌之辩。无论辩词美或丑，聪慧或愚蠢，总有人赞许，有人鄙夷。你从我处所听之法义并非我之辩词。它的宗旨并非为求知好学之人阐释世界。它另有他图；它的宗旨乃是济拔苦难。这就是乔达摩的法义，别无其他。"

"哦，世尊佛陀，但愿您不怪罪我。"青年人道，"我并非为争辩与您交谈。您所言极是，辩辞微不足道。请容我再说：我未曾有刹那怀疑过您。未曾有刹那怀疑过您是佛陀，您已功德圆满。您已抵达无数婆罗门及婆罗门之子求索之巅峰。您已超拔死亡。您通过探索，求道，通过深观，禅修，通过认知，彻悟而非通过法义修成正果！——这就是我的想法，哦，世尊，没人能通过法义得到解脱！哦，世尊佛陀，您从未以言辞或法义宣讲您在证觉成道之际所发生的事！世尊佛陀的法义多教人诸善奉行，诸恶莫作。在明晰又可敬的法义中不包含世尊的历程，那个您独自超越众生的秘密。这就是我在聆听法义时的思考和认识。这就是我为何要继续我的求道之路——并非去寻找更好的法义，我知道它并不存在——而是为摆脱所有圣贤及法义，独自去实现我的目标，或者去幻灭。我将常常怀想今天，哦，世尊佛陀，我将怀想此刻，这个我亲眼见到圣人的时刻。"

佛陀安静地低垂眼帘，他那玄妙莫测的面庞散溢着彻底的安宁。"愿你的思索，"至尊悠然道，"愿你的思索无误。愿你实现目标！但请告诉我：你可见到我的僧团？那些皈依法义的我的众多弟兄？你是否认为，陌生的沙门，你是否认为，放弃法义，回到极尽声色的世俗生活对他们更有益处？"

"这样的念头我从未有过！"悉达多高声道。

"愿他们遵循法义，实现宏愿！我无权论断他人的生活！唯独对自己的生活必须做出判断。我必须选择，必须放弃。我们沙门寻求弃绝于'我'，哦，世尊。假如我皈依于您，哦，世尊，我担忧我的'我'只是表面地、虚假地获得安宁，得到解脱。而事实上，我的'我'却仍在生存、壮大。因为，我会将法义，我的后来者，我对您的爱，以及僧团当作我。"

乔达摩似笑非笑，他的明澈安如磐石。他善意地凝视这位陌生人且以一种隐微的神情同他道别。

"你很聪明，哦，沙门。"世尊道，"你能言善道，我的朋友。要提防不要太过聪明！"

佛陀缓步离去。他的目光和神秘的微笑永远镌刻在悉达多的记忆中。"这般目光和微笑我从未见过；如此行走、端坐之人我从未见过。"他想，"惟愿我也有这般目光及微笑，能如此行走及端坐。如此自由、神圣、隐晦，又如此坦率。如孩童，又饱含秘密。只有潜入自己最深处的人才能有这般诚挚的目光和步伐。无疑，我也将潜入自己之最深处探寻。"

"我见到一个人。"悉达多想，"一个唯一令我垂青之人。他人断不会再令我垂青，再无他人。也再无法义能吸引我，因为连这人的法义也并未令我屈臣。"

"佛陀劫掠了我。"悉达多想，"他劫掠了我，但他馈赠得更多。他夺走了我的朋友，那曾经信奉我，如今信奉他的朋友；那曾经是我的影子，如今是乔达摩的影子的朋友。而他所馈赠的，则是悉达多，是我的自我。"

## 觉醒

　　当悉达多离开觉者佛陀栖居的祇园，离开乔文达停留的祇园时，他意识到他将自己过去的生活也抛在了身后的祇园。他踽踽独行，沉吟于充斥内心的情感中。他沉吟着，仿佛探入情感深潭之最底端，直探及缘由的栖身之所。在他看来，认识缘由乃是一种深思。通过这样的深思，情感升华为认知，变得牢靠；它盘踞内心，熠熠生辉。

　　悉达多深思着踽踽独行。他确信自己已不再年少，他已成为男人。他确信，他已如蛇褪去老皮般告别往昔。一些一直伴随他，曾经属于他的东西，诸如拜师求教的夙愿已不复存在。他的最后一位恩师是神圣的世尊佛陀。但佛陀的法义也无法挽留他，折服他。

这位漫步的思考者自问："你原先打算从法义里，从师父处学到什么？你学了很多，却无法真正学到的又是什么？"他最终发现："答案是'我'。我要学的即是'我'的意义及本质。'我'，是我要摆脱、要制胜的东西。'我'，却是我无法制胜，只能欺罔、逃遁，只能隐藏的东西。当真！世上再没什么别的，像我的'我'这样让我费解。是'我'，这个谜，让我活着，让我有别于他人，让我成为悉达多！在世上，我最一无所知的莫过于'我'，莫过于悉达多！"

这位漫步者被这种思绪捕获。他驻足，旋即又从这种思绪跃至另一种新的思绪中："我对自己一无所知。一直以来，悉达多于我极为陌生。只因我害怕自己，逃避自己！我寻找阿特曼，寻找大梵，我曾渴望的是'我'被肢解、蜕变，以便在陌生的内在发现万物核心，发现阿特曼，发现生命，发现神性的终极之物。可在这条路上，我却迷失了自己。"

悉达多睁大双眼，望向四周，一抹微笑不禁在他脸上荡溢开来。一种从大梦中彻底苏醒的感觉贯穿他的周身直至脚趾。他迈开双腿，如同一个完全清楚去向和使命的男人般疾步前行。

"哦，"他深吸了口气，释然道，"我不会再让悉达多溜走！不会再让阿特曼和尘世疾苦成为我思想和生命的中心。我再也不会为寻找废墟后的秘密而扼杀自己，肢解自己。无论是《瑜伽吠陀》《阿达婆吠陀》[1]，还是其他任何教义我都不再修习。我不再苦修。我要拜自己为师。我要认识自己，认识神秘的悉达多。"

他环视四周，宛如与世界初逢。世界是美的，绚烂的；世界是奇异的，神秘的！这儿是湛蓝，这儿是灿黄，那儿是艳绿。高天河流飘逸，森林山峦高耸。一切都是美的。一切都充满秘密和魔力。而置身其中的他，悉达多，这个苏醒之人，正走向他自己。这初次映入悉达多眼帘的一切，这灿黄和湛蓝，河流和森林，都不再是摩罗[2]的法术，玛雅[3]的面纱，不再是深思的、寻求圆一的婆罗门所蔑视的现象世界中愚蠢而偶然的纷繁。蓝就是蓝，河水就是河水。在悉达多看来，如果在湛蓝中，在河流中，潜居着独一的神性，那这恰是神

---

1 Atharva-Veda ，吠陀本集之一，为巫术、咒语之汇集。计收赞歌七百三十一首，主要为祈福禳灾的咒法与巫术，亦包含若干哲学与科学之思想。Atharva，"阿达婆"或系传授此种吠陀的婆罗门家族之名字。
2 Mara，魔。一切魔法。
3 Maja，幻。虚妄不实。

性的形式和意义。它就在这儿的灿黄、湛蓝中，在那儿的天空、森林中，在悉达多中。意义和本质绝非隐藏在事物背后，它们就在事物当中，在一切事物当中。

"我曾多么麻木和迟钝！"这位疾步之人心想，"如果一个人要在一本书中探寻意义，他便会逐字逐句去阅读它，研习它，爱它；他不会忽视每一个词、每一个字，把它们看作表象，看作偶然和毫无价值的皮毛。可我哪，我这个有意研读世界之书、自我存在之书的人，却预先爱上一个臆想的意义。我忽视了书中的语词。我把现象世界看作虚妄。我视眼目所见、唇齿所尝的仅为没有价值而表面的偶然之物。不，这些都已过去。我已苏生。我切实已苏生。今天即是我的生日。"

悉达多思索着，却突然停下脚步，仿佛有一条长蛇横卧于前路。

他突然清楚：他，一个已切实苏醒和初生之人，必须彻底从头开始生活。在这个清晨，在他离开祇树给孤独园，离开世尊佛陀的清晨，他已完全觉醒。他已走上自我之路。于他而言，经过多年苦修后回归故里，回到父亲身边似乎是自然而理应的。可现在，此刻，他停下脚步的这一刻，仿佛有一条长蛇横卧于前路的一刻,他清楚地意识到:"我已不再是过去的我。不再是苦行僧、沙门,不再是婆罗门。我回家,回父亲那里去做什么?修习?献祭?还是禅定?这些都已过去。这些已不属于我的前路。"

悉达多纹丝未动,彻骨的冰冷瞬间袭击他的心脏。他感到这颗心脏像一只小动物,一只鸟或一只兔子般在胸中颤抖。他如此孤独。多年来,他并未像现在这样意识到自己无家可归。从前,即便在最深的禅定中,他仍是父亲的儿子,高贵的婆罗门,一个修行之人。如今,他只是苏醒的悉达多,再不是别的什么人。他深吸口气,打了个寒战。没人像他这般孤独。贵族属于贵族,手艺人属于手艺人,他们说同样的话,容身一处,分享生活。婆罗门要同婆罗门在一起。苦行者要在沙门中立足。即便归隐山林的隐士也不是独自一人,他们也有同道人,有归属。乔文达已皈依佛门,万千僧人是他的弟兄,他们着同样的僧服,信共同的信仰,说相同的话。可是他,悉达多,他属于哪里?和谁分享生活?说谁的话?

此刻,世界隐匿于他的周围,他孤单伫立如同天际孤星。此刻,悉达多比从前更自我、更坚实。他从寒冷和沮丧中一跃而出。他感到：这是苏醒的最后战栗，分娩的最后痉挛。他重新迈开步子，疾步前行。他再也不回家，再也不回父亲那里，再不回去。

献给我在日本的堂兄威尔海姆·贡德尔特

# 第二部

## 迦摩罗

在路上，悉达多步步收获新知。世界已然变化，他的心为之陶醉。他看见太阳从密林覆盖的山峦间升起，又从远处的棕榈滩落下。他看见星罗棋布的幽蓝夜空中，畅游着一弯小船般的新月。他看见森林、群星、动物、云朵、彩虹、岩石、野草、花团、小溪与河流。清晨的灌木丛中闪耀的露珠。远山微蓝苍白。鸟儿和蜜蜂歌唱。微风吹过麦田窸窸窣窣。这千姿百态姹紫嫣红的一切历来如此。日月相推，河流奔涌，蜜蜂嗡嗡，亘古不变。但在从前的悉达多眼中，它们不过是魅惑的、稍纵即逝的雾霭。以怀疑熟视，这一切注定被思想洞悉，一无是处，因为它们并非本质。本质位于可见世界的彼岸。可现在，他获得自由的双眼流连于尘世，他看见且清晰地辨明可见世界。他不再问询本质，瞄准彼岸，他在世间寻找故乡。如若人能毫无希求，质朴而天真无邪地看待世界，世界何其隽美！月亮和星辰美，小溪与河岸美，森林、岩石、山羊和金龟子，花朵和蝴蝶都很美。当人单纯、觉醒，不疑专注地穿行于人间，世界何其隽美又妩媚！别样的烈日在头顶燃烧，浓荫下别样凉爽宜人。小溪和雨水，南瓜和香蕉别样甘甜味美。白日很短，黑夜很短，时辰飞逝如海面之帆；帆船满载珍宝和欢悦。悉达多看见一只猿猴跳跃在森林之穹窿，枝丫之高端，发出粗野而贪婪的啼声。悉达多看见一只公羊追逐母羊并与其交媾。他看见一条梭鱼在芦苇湖中捕猎晚餐，小鱼们吓得心惊肉跳，战栗着如同闪电般成群跃出水面，而急迫又迅猛的猎手则狂热有力地搅动翻滚的漩涡。

所有这自古有之的一切，悉达多一直熟视无睹。他从不在场。而现在，他归属其中。流光魅影在他眼中闪耀，星辰月亮在他心中运行。

在路上，悉达多也忆起他在祇树给孤独园中经历的一切。他曾在那里聆听佛陀神圣的法义，同乔文达告别，与世尊交谈。他记起他曾对世尊佛陀说过的字字句句。他惊讶地意识到，自己所言的"珍宝"，当时无从体会。他曾对乔达摩说：佛陀的法义或许并非其最宝贵最神秘的东西。佛陀的彻悟纪事才是无法言说、不可传授的珍宝——这恰恰是他现在要去经验的，他现在才刚刚开始去经验的。自然，他历来便知他的自我即阿特曼。自我如大梵般永恒存在。然而因他始终试图以思想之网去捕捉自我，而使得自我从未被真正发现。自然，肉体并非自我，感官游戏并非自我。如此看来思想也并非自我。才智并非自我。归纳结论，由旧思想编织新思想的可修习之智慧和技艺并非自我。不，这一思想境界乃是尘世的。如果一个人扼杀了感官意义上的偶然之我，却喂养思想意义上博学多能的偶然之我，他是不会寻得自我的。两者，思想和感官，均为美的事物；两者背后均隐藏终极意义；两者都值得倾听，值得参与；两者均不容蔑视亦不必高估。自两者中均可听到内在的秘密之声。除非内在声音命令他行动，悉达多别无所求。除非听凭内在声音的倡导，他绝不停下步履。为何乔达摩在那个时辰中的时辰，那个他正觉成道的伟大时刻坐于菩提树下？因为他听见一个声音。一个他内心的声音吩咐他在这棵树下歇息。他并非凭苦行、献祭、洗礼和祈祷悟道，也不是凭斋戒悟道，不是在睡梦中悟道。他听凭了这个声音。如此听凭内心的召唤而非听凭外在的命令是善的。除了时刻等待这声音的召唤，再没什么行为是必要的。

夜里，悉达多在河边摆渡人的茅屋里过夜。他做了一个梦。他梦见着黄色僧衣的乔文达站在他身边。乔文达看起来十分忧伤。他忧伤地问："你为何离开我？"悉达多拥抱了乔文达并试图把他贴入胸口亲吻。这时，乔文达不见了，取而代之的是一个女人。一对丰满的乳房从女人的衣襟中袒露出来。悉达多在她怀里吸吮乳汁。这对乳房的乳汁香甜浓郁。它是男人和女人的味道，阳光和森林的味道，动物和花朵的味道；它是每种果实，每种欲望的味道；它让人销魂，让人陶醉昏厥——当悉达多醒来时，苍白的河水在茅屋的门扉处闪烁着微光，森林里响起枭鹰凄厉的啼叫，深邃而嘹亮。

天色渐白。悉达多请求船夫渡他过岸。船夫撑起竹筏载悉达多过河时，宽阔的河面上升起一轮红日。

"这是一条美丽的河。"悉达多道。

"是的。"船夫道，"一条十分美丽的河。我爱它胜过一切。我时常聆听它，时常注视它的眼睛。我总能跟它学到许多。一条河可以教会人许多东西。"

"我感谢你，善良的人。"悉达多边说边登上河岸，"我没有礼物送给你，亲爱的船夫。我也无法支付船钱。我是个无家可归的人，一个婆罗门之子，一个沙门。"

"我知道。"船夫道，"我并未期待你的报酬，也不要礼物。你下次再送我礼物。"

"你相信我会再来？"悉达多好奇地问。

"准会。这也是我跟河水学到的：一切都会重来！你也是，沙门。你会再来。祝福你！你的友谊就是对我的犒赏。愿你在祭奉诸神时想到我。"

他们微笑着道别。悉达多为船夫的友谊和友善感到欣慰。"他就像乔文达一样。"他微笑着想，"我在路上遇到的人都像乔文达。他们都心怀感激，尽管他们都有资格获得他人的感激。他们都谦卑、善意、恭顺，思虑甚少。他们都有一颗赤子之心。"

正午时分，悉达多经过一个村舍。巷子里的孩子们正在茅屋前追逐嬉闹，玩南瓜子和蚌壳。他们看见陌生沙门便羞怯着四散开去。村舍尽头蜿蜒着一条小溪，一位年轻妇人正跪在溪边洗衣。悉达多上前问好时，妇人抬头嫣然一笑。悉达多见她眉眼盈盈处泛着秋波。他以途中惯用的方式向妇人问安，并询问距离大城的路程。这时她起身走向他，年轻的面庞上一副湿润的嘴唇闪着妩媚的光。她娇羞地问他可否用过饭，问他沙门是否真的在夜晚单独睡在林中，不能和女人同寝。说着，她用左脚尖抚摩他的右脚并做出《爱经》[1]中称为"爬树"的动作——这是女人在挑逗男人共赴云雨时所做的动作。悉达多顿感热血沸腾。此刻，梦境再次袭来，他朝妇人俯下身去，亲吻她乳房上褐色的乳头。抬起头时，他看见妇人焦渴地微笑着，满是企盼的双眼细若游丝。

悉达多感到自己的渴望和涌动的性欲。他至今尚未碰过女人。在准备伸手去握住妇人时，他迟疑片刻。就在这一刻，他听见内心颤抖的声音说"不"。顿时，年轻妇人微笑的脸失去了全部魅力。她在他眼中不过是一只目光迷离的发情母兽。他亲切地抚摸了她的脸颊，随后移步离开这位失望的妇人，健步踏入竹林。

黄昏时分，他已临近大城，心情愉悦。他渴望生活在世人中，他已在林中待了太久。那天夜晚在船夫的茅屋里留宿，正是许久以来他第一次在室内过夜。

---

1《爱经》是古印度一本关于性爱的经典书籍。

城郊处，这位漫步者在一座美丽的围着篱笆的林苑外遇见一队手托篮篓的男女仆从。一部由四人高抬、装饰华美的轿子位于中间。色彩缤纷的遮阳篷下，一个女人坐在大红的坐垫上。她是林苑的女主人。悉达多在这香艳的林苑入口处站定，注目这一行人。他看见男仆、女佣、篮篓和轿子。他看见轿中的女人。他看见她高高挽起的乌发云髻下一张靓丽、娇柔、聪慧的脸。她美艳的红唇好似新鲜开裂的无花果，精心修饰的眉毛描成高挑的弧形，一双乌黑的明眸聪敏而机智。艳绿和金黄搭配的上衣中露出光洁修长的颈项。娴雅的手指纤纤柔荑，手腕上戴着宽金镯。

悉达多见她如此美丽，心中欢喜。轿子临近时，他深鞠一躬，接着抬头注视那张靓丽妩媚的脸。他凝视她高挑眉毛下聪慧的双眼，并嗅到一缕从未闻过的沁人香气。这位美人微笑颔首后，在仆从的簇拥下转瞬消失在林苑中。

"我尚未入城，"悉达多想，"就天降此等吉兆。"他感到一阵冲动，想即刻跟入林苑。但转念又想起男女仆从们曾在门口轻视、怀疑而无礼地打量他。

"我还是个沙门。"他想，"依然还是苦行者和乞丐。我这样的人不该在此逗留，更不该踏入林苑。"他笑了起来。

这时，来了一位路人。悉达多向他打听这座林苑以及那个女人的名字。原来，林苑的女主人迦摩罗是城中名妓。除了这林苑外，她在城里还有一座宅邸。

之后他就怀揣着一个目标进了城。

为了这个目标，悉达多踏遍城邑，走街串巷，累了便安静地伫立在广场或坐在河边的石阶上歇息。临近傍晚时分，他结识了一位理发店伙计。他先见他在拱门下阴凉处劳作，又见他去毗湿奴[1]庙祈祷。悉达多为他讲述了毗湿奴和拉克什米女神[2]的故事。当晚，悉达多在岸边的船里过夜并于次日一早，在其他客人还没到来前光顾了理发店。他让那位伙计为他刮了胡须，剪了头发并敷了上好的头油。之后，他去河里沐浴。

当美丽的迦摩罗于午后再次乘轿子回到林苑时，悉达多正站在门口。他向迦摩罗鞠躬致意并得到这位名妓的回敬。他向队尾的仆从示意，请求仆从向林苑女主人禀告，有位青年婆罗门渴望与她交谈。过了一会儿，仆从回来了，他吩咐正在等待的悉达多跟随他默默进了一座亭台。亭台里，迦摩

---

1 Vishnus，印度教三相神之一。梵天主管"创造"，湿婆主掌"毁灭"，毗湿奴即是"维护"之神。其性格温和，对信仰虔诚的信徒施予恩惠，而且常化身成各种形象拯救危难的世界。

2 Lakschmi，掌管幸福与财富的女神，毗湿奴的妻子。她象征繁华和君王的荣耀，她站在莲花上，一只手撒下象征繁荣的金币，身旁的大象象征王者的权力。

罗正斜倚在卧榻上。她随即差遣仆从退下。

"你不就是昨天站在外面问候我的人吗？"迦摩罗问道。

"是的，我昨天就见到了你，问候了你。"

"但是昨天你不是留着胡须，长发上还布满灰尘吗？"

"你看得仔细。一切都尽收眼底。你见到的人是悉达多，为成为沙门而告别故乡的婆罗门之子。迄今做沙门已三年有余。但现在我已告别沙门之路，进了这座城。而你，是我入城之前见到的第一个人。哦，迦摩罗！我来，是为告诉你这个。你是让悉达多并未低垂眼帘而与之交谈的第一个女人。今后，如若我遇见漂亮女人，也不会再垂下眼帘。"

迦摩罗微笑着。她一边玩弄手中的孔雀翎摇扇，一边问道："悉达多只是为了说这个，才来见我吗？"

"是为了说这个。也为感谢你的美貌，迦摩罗。如若不冒犯你，我想请求你做我的朋友和老师。因为对你所熟稔的艺术，我一无所知。"

迦摩罗大笑起来。

"从来没有林中沙门来拜我为师！朋友。也从来没有围着破旧遮羞布、留着长发的沙门来过我这里！许多青年来拜访我，其中不乏婆罗门之子。他们可是个个穿华丽的衣裳、考究的鞋子，头发飘香，腰缠万贯。沙门，那些青年都是置备停当才来见我。"

悉达多道："我已开始向你学习。昨天已经开始。我已刮掉胡须，打理头发，抹了发油。我缺少得不多。你这仙姿佚貌的女人，我缺的不过是华美的衣裳、昂贵的鞋子和饱满的钱袋。你知道，悉达多曾致力于许多比这区区小事难得多的事业，且已完满。而我昨日下定决心要做的事，又怎能无法达成——我要成为你的朋友，同你学习欢爱之事！你将很快知道，迦摩罗，我曾学过比你教的学问更复杂的学问。那么，悉达多已抹了发油，却仅仅因为没有华美的衣服，没有名贵的鞋子，没有钱财，就无法让你满意吗？"

迦摩罗笑道："是的，尊敬的人。你不能让我满意。你必须有衣服，华美的衣服；你必须有鞋子，名贵的鞋子；你不仅要腰缠万贯，还要为迦摩罗备上礼物。明白了吗，林中的沙门？这些你记住了吗？"

"我完全记住了。"悉达多大声道，"从如此美艳的嘴唇里说出的话我怎能不记住！你的嘴唇仿似新鲜开裂的无花果，迦摩罗。而我的嘴唇也同样又红又嫩。你将验证，它们是多么般配——但请告诉我，美丽的迦摩罗，你真的不畏惧一个要向你学习欢爱的林中沙门吗？"

"我为何要畏惧一个沙门，一个林中来的愚笨的沙门，一个从胡狼群中来，又根本不知女人为何物的沙门呢？"

"哦，沙门是强壮的，他无所畏惧。他恐怕会强迫你，美丽的女人。他恐怕会强夺你，给你带来痛苦。"

"不，沙门，我不怕。难道一个沙门或婆罗门会害怕有人来强夺他，侵吞他渊博的学识、他的虔诚和他深奥的思想吗？不会。因为这些只属于他自己。他只会把这些奉献给他想给的人。迦摩罗亦如此，欢爱亦如此。迦摩罗的嘴唇固然美艳嫣红，但你若试图违背迦摩罗的意愿去强吻它，便不会得到一丝甜蜜。尽管那嘴唇深知如何赋予甜蜜！勤学的悉达多，你要明白：情爱可以乞得，可以购买，可以受馈，也可在陋巷觅得，却唯独不能强夺。你想出了一个错误的主意。哦，如果一个如你般俊美的青年有如此想法的话，就实在太遗憾了。"

悉达多微笑着鞠躬致意："那的确遗憾。迦摩罗，你说得极对！那将极为遗憾。不，我不愿放弃你芳唇间任何一滴甜蜜。你也不该放弃我的吻！此事已定：悉达多会再来。当他拥有了他缺少的华服、鞋子和钱财。但是，甜美的迦摩罗，你可愿再给我一些指示？"

"一些指示？为什么不哪？谁会不愿给一个从荒林狼群中来，又贫穷无知的沙门一些指示？"

"亲爱的迦摩罗，请告诉我：我该去哪里才能尽快寻得这三样东西？"

"朋友，许多人都想知道。你必须去做你会做的事情，以赚得钱财、鞋子和衣裳。否则一个穷人是不会有钱的。你会什么哪？"

"我会思考。我会等待。我会斋戒。"

"没别的了？"

"没有了。不过，我还会作诗。你愿意为我的诗赐我一吻吗？"

"如果你的诗讨我欢心的话，我愿意。你的诗叫什么名字？"

悉达多深思片刻，吟诵道：

多茵的林苑里摇曳着婀娜的迦摩罗，
林苑的门扉处伫立着麦褐色的沙门。
当他惊见莲花盛放，
不禁俯身扪心示敬，

又怎奈

迦摩罗含笑回眸。

啊，青年暗自思量，

献祭诸神固情深义重，

却哪比

献身美丽的迦摩罗情意绵绵。


迦摩罗听罢热烈鼓掌，金镯亦在手腕上叮叮作响。

"你的诗很美。麦褐色的沙门。当真，为了这首诗赐你一吻我并不失去丝毫。"

说着，她用眼神示意他走上前来。他将脸俯在她的脸上，又将嘴唇印在她那宛如新鲜开裂的无花果般的朱唇上。长久地，他亲吻着迦摩罗。让他深深惊叹的是她在如何引导他；她在怎样聪慧地降服他，推却他，魅惑他。在第一个绵长的亲吻后，一连串奇巧而纯熟的亲吻接踵而至。每一个吻都有别于另一个吻。他站起身来喘着粗气。这一刻，他如同一个眼界大开的孩子，为眼前丰富而博大精深的学识惊叹。

"你的诗非常优美。"迦摩罗大声道，"若我是富人，我会为此付你金币。但是，靠作诗赚取你所需钱财恐怕并非易事。如果想成为迦摩罗的朋友，你需要很多钱财。"

"你真的，很会亲吻，迦摩罗。"悉达多结巴着道。

"是的，我很擅长。所以我才不缺衣裳、鞋子，不缺手镯和这一切华美的东西。可是你擅长什么？除了思考、斋戒和作诗你再不会别的了？"

"我会唱圣歌，"悉达多道，"但我不再吟唱。我会念咒语，但我不再念诵。我也学过写字——"

"等一下。"迦摩罗打断他，"你识字？也会写字？"

"我当然会。不少人会。"

"大多数人都不会。连我也不会。好极了，你识字，还会写字，这太好了。念咒语也是用得着的。"

这时，女仆匆忙进来，在女主人耳畔低语着禀报了什么。

"我有客人。"迦摩罗道，"赶快离开，悉达多。记住，不要让任何人看见你在这里！明天我再见你。"

说着她命仆从送给这位虔诚的婆罗门一件白色上衣。接着，悉达多糊里糊涂地被仆人带走。穿过花园蜿蜒的小径，仆人赠送了上衣，将他带到灌木丛处，催促他赶快不留踪迹地离开林苑。

他满意地照办。这位林中之人轻快地翻过丛莽，溜出林苑。他心满意足地进了城。腋下夹着叠好的上衣。在一家旅人歇息的客栈前，他停下脚步，默默乞食并默默收下一块饭团。"或许明天，"他想，"我将不再向任何人乞食。"

一股自豪感油然而生。他已不再是沙门，无须再去乞食。他将手中饭团扔给一条狗，自己并未进食。

"尘世生活其实简单。"悉达多想，"没什么难的。难的是做辛劳的沙门，到头来只收获绝望。现在一切易如反掌，就像迦摩罗的接吻课。我需要衣裳和金钱，别无其他。实现这些又小又近的目标，不会让人寝食难安。"

他早就打听好迦摩罗位于城中宅邸的位置，第二天便登门造访。

"一切都很顺利。"迦摩罗迎向他，"迦摩施瓦弥正在等你。他是城中最富庶的商人。如果你讨他欢心，便可替他做事。放机灵点儿，麦褐色的沙门！我托人向他引荐了你。你要对他客气些，他很有权势。但你也不必过分谦卑！我不希望你做他的仆从。你得和他平起平坐，否则我不会对你满意。迦摩施瓦弥年事渐高，如果你取悦他，他会将许多事托付于你。"

悉达多笑着感谢她。迦摩罗知道悉达多已两天未进食，便吩咐仆从取来面包和水果款待他。

"你真幸运。"告别时她道，"一扇扇门为你打开。这是怎么回事？难道你施了法术？"

悉达多道："昨天我已告诉你，我会思考、等待、斋戒。你却认为这些没用。其实它们很有用。迦摩罗，你会看到的。你将看到，林中愚笨的沙门将学会并做出许多旁人不会的漂亮事情。前天我还是蓬头垢面的乞丐，昨天我就亲吻了迦摩罗；而很快，我会成为一名商人，拥有财富和一切你看重的东西。"

"好吧。"她表示赞同，"但如果没有我又会怎样？如果我不帮助你，又会怎样？"

"亲爱的迦摩罗，"悉达多说着挺直腰身，"来到你的林苑是我迈出的第一步。我决心跟你这个美丽的女人学习爱的艺术。那一刻，我下定决心并知道，我必定会实现愿望。我也知道，你会帮助我。当我站在林苑外，第一眼见到你时我就知道。"

"如果我不愿意呢？"

"你会愿意的。你看，迦摩罗，如果你将一粒石子投入水中，石子会沿着最短的路径沉入水底。恰如悉达多有了目标并下定决心。悉达多什么都不做，他等待、思考、斋戒。他穿行于尘世万物间正如石子飞入水底——不必费力，无需挣扎；他自会被指引，他任凭自己沉落。目标会指引他，因为他禁止任何干扰目标的事情进入他的灵魂。这是悉达多做沙门时学到的。愚人们称其为魔法。愚人以为此乃魔鬼所为。其实，魔鬼无所作为，魔鬼并不存在。每个人都能施展法术。每个人都能实现目标，如果他会思考、等待、斋戒。"

迦摩罗倾听着。她爱他的声音，爱他的目光。

"或许是的，"她轻声道，"如你所说，朋友。也或许因为悉达多是个俊美的男子，女人们喜爱他的目光，他才好运连连。"

悉达多和她吻别。"但愿如此，我的老师。愿我的目光永远让你欢喜，愿我的好运一直因你而降临！"

## 尘世间

悉达多来到商人迦摩施瓦弥富丽的宅邸。仆人引他踏过昂贵的地毯，到一间居室内等待宅邸主人。

迦摩施瓦弥步入室内。他敏捷矫健，华发萧萧。一双眼睛精明谨慎，嘴唇流露出贪欲。主客二人友好地互致问候。

"有人告诉我，"商人开口道，"你是位博学的婆罗门，却要在商人处寻个职务。你这位婆罗门可是陷入困境？"

"不，"悉达多道，"我并未陷入困境，也从未陷入困境。你知道，我在林中做了多年沙门。"

"既然你从沙门中来，又怎能不陷入困境？沙门不是都一无所有？"

"我没有财产。"悉达多道，"如果你指这一点，我的确一无所有。但我志愿成为沙门，所以我并未陷入困境。"

"既然你一无所有，你靠什么生活？"

"我从未想过，先生。三年有余，我一无所有，却从未想过靠什么生活。"

"看来你靠他人钱财为生。"

"看来是。商人也靠他人钱财为生。"

"说得好。但商人却不白拿他人钱财，他以货物交易。"

"世事看似如此。各有索取，各有付出。这是生活。"

"恕我直言：如果你一无所有，你能付出什么？"

"人人都付出他拥有的。武士付出力气，商人付出货物，教师付出学问，农民付出稻谷，渔民付出鱼蟹。"

"非常对。只是，你付出什么？你究竟学过什么？又会什么？"

"我会思考。我会等待。我会斋戒。"

"就这些？"

"我想，就是这些！"

"这些有何用处？比如斋戒——斋戒有何益处？"

"斋戒极好，先生。对于没有食物的人，斋戒最为明智。假如悉达多没学过斋戒，他今天就必须寻找活计。不论在你这里，还是别处。饥饿迫使他行动。而事实上，悉达多能安静地等待。他从不焦急，从不陷于窘迫。即便长时间被饥饿围困，他仍能藐视饥饿。因此，先生，斋戒极好。"

"你说得对，沙门。请稍等片刻。"

说着，迦摩施瓦弥走出去并带回一份案卷。"你能否读一下？"他将案卷递给客人。

悉达多接过案卷，见它是一份买卖契约，便朗读起其中内容。

"好极了。"迦摩施瓦弥道，"你可愿在纸上为我写些什么？"

说着，他将纸笔递给悉达多。悉达多写罢后将纸交还与他。

迦摩施瓦弥读道："书写虽好，思考更佳；聪敏虽好，忍耐更佳。"

"你写得精彩。"商人夸赞道，"我们还要就许多事情进一步商谈。今天，我先邀你做我的客人，安顿于我的宅邸。"

悉达多感谢并接受了邀请，在商人的宅邸住下。仆人为他奉上衣裳和鞋子，并服侍他每日沐浴。宅邸内每日两餐丰足味美，但悉达多只食一餐，且既不食荤，亦不饮酒。迦摩施瓦弥常谈论他的生意，向悉达多介绍他的货品、货栈，指导悉达多清算账目。悉达多学会许多新知。他听得多，说得少。他牢记迦摩罗的话，在商人面前从未奴颜婢膝。这迫使商人与他平起平坐，甚至对他高看一眼。迦摩施瓦弥严谨地经营生意，饱含激情。悉达多则视一切如游戏。他努力学习规则，内容他并不记挂于心。

在宅邸中住了不久，悉达多便开始分担迦摩施瓦弥的生意。每日，他也在约定的时辰，登门拜访美丽的迦摩罗。他身穿华美的衣裳，足蹬精致的鞋子。很快，他也在造访时携带礼物。迦摩罗娇艳聪慧的嘴唇，温柔细腻的双手教会他许多学问。在欢爱的路上，悉达多仍蹒跚学步。他时常冒失，求索无厌地跌入情欲深渊。而迦摩罗则教会他，不付出情欲就难收获情欲这一《爱经》的根本。每种姿势，每个动作，每次抚摸，每次对视，身体的每个角落都隐藏秘密。这些秘密，为懂得唤醒它的人预备了幸福。她教导他，爱侣在交欢后不得倏忽分离。彼此仍要相互赞叹、抚慰。这样，双方才不会因过度性满足，而产生厌倦、落寞，产生辱弄或被辱弄的不快感受。在美丽聪慧的艺术家处，悉达多度过了绝妙时光。他成为她的学生、情人、朋友。对于现在的悉达多，生活的意义和价值是能和迦摩罗在一起，而绝非迦摩施瓦弥的生意。

商人委托悉达多书写重要的信件和契约，他也习惯在紧要事务上同悉达多商议。很快，他发现悉达多对稻谷、棉布、船务和买卖并不在行。他的运气是，和商人相比，他的冷静沉着更胜一筹。和陌生人打交道时，他懂得倾听的艺术，善解人意。"这位婆罗门，"迦摩施瓦弥曾对朋友说，"不是真正的商人，也不会成为真正的商人。在生意上，他从未投入热情。但是他掌握那些无为而治的成功者的秘密。或许他福星高照，或许他会施展法术，或许他从沙门处学到了什么。他似乎总在生意上游戏，从不全情投入，生意从来也无法牵制他。他从不担心失败，从不为损失烦忧。"

这位朋友建议商人："你可将一部分生意交与他替你打理。三分之一的盈利归他所有；反之，他也须承担同等损失。如此一来，他必会用心些。"

迦摩施瓦弥采纳了这个建议。悉达多则安之若素。如有盈余，他便取他该得的那份。如果亏损，他会笑着说："哎，你看，多么糟糕的交易！"

他显然对生意心不在焉。一次，他去村落收购大批稻谷。当他抵达时，稻谷已全部卖给其他商人。尽管如此，悉达多仍在村落逗留数日。他宴请农民，送给农民的孩子铜币，参加一次结婚庆典，随后满意而归。迦摩施瓦弥责备他没有及时赶回，损失了时间和钱财。悉达多答道："不要责备，亲爱的朋友！责备向来于事无补。蒙受的损失由我承担。我对这次旅行非常满意。我认识了许多人。一位婆罗门成了我的朋友，孩子们在我膝上玩耍，农民带我参观他们的田地。没人把我当作一位商人。"

"做得漂亮！"迦摩施瓦弥不情愿地喊道，"但事实上你是个商人。我必须得说！难道你的旅行只是为了赏玩？"

"确实。"悉达多笑道，"我确实为赏玩而去。否则为何？我见到许多人，欣赏了风景，收获了友谊和信任，结交了朋友。你看，亲爱的，如果我是你迦摩施瓦弥，见到生意落空，定是气恼地速速返回。可事实上，时间和金钱已经蒙受损失。而我享受了几天美妙时光，学到了知识，心情愉快，我和他人均未因我的气恼和草率而受到伤害。如果今后我再去那里，或许去收购下季收成，或许因为其他生意，那里友好的人们必将由于我这次没有表现得急躁和闷闷不乐而热情地款待我。释怀吧，朋友，不要因责备而伤害自己！如果有那么一天，你看到悉达多为你带来损失，你只消说一声，悉达多便自行离去。在那之前，我们还是善待彼此。"

商人也曾徒劳地尝试让悉达多相信，他靠迦摩施瓦弥为生。但悉达多认为他靠自己为生。确切地说，他们两人均靠他人为生，靠众人为生。悉达多从不过问迦摩施瓦弥的烦恼，而后者则烦恼颇多。他担心一笔生意行将失败，货物蒙受损失，借贷人无力偿还。无论如何，迦摩施瓦弥始终无法向悉达多证明，抱怨、急躁、平添皱纹或辗转反侧有何益处。一次，迦摩施瓦弥提醒悉达多，他的一切知识都是从迦摩施瓦弥处学来。悉达多反驳道："最好不要和我开这样的玩笑！我从你那里学到一篓鱼的售价，借贷他人获得多少利息。这是你的学问。我和你从未学过如何思考，尊贵的迦摩施瓦弥，你最好向我学习如何思考。"

悉达多的确无心生意。做生意的益处，无非是令他有足够的钱财交与迦摩罗。尽管他获得的远超出他所需要的。他只是对曾经如同月亮般遥远而陌生的世人，他们的生意、手艺、忧烦，他们的娱乐和蠢行感到既同情又好奇。虽然他能轻而易举地和他们攀谈，与他们相处，向他们学习，但他深刻地认识到，将他同世人区分开来的，是他做沙门的经历。他看见世人以孩童或动物的方式生活，这让他既爱慕又蔑视。他看见他们为一些在他看来毫无价值的东西，为了钱，为了微不足道的欲望，为了可怜的尊严而操劳、受苦、衰老。他看见他们彼此责骂、羞辱，看见他们为那些令沙门付之一哂的痛苦恸哭，为那些令沙门不屑一顾的贫乏苦恼。

他接纳人们带来的一切。他欢迎兜售亚麻的商人，欢迎来向他借贷的人，也愿意长久地倾听乞丐讲述自己潦倒的生活，尽管他们的生活远不及任何一位沙门的生活贫穷。他对待富庶的外国商人，和对待替他刮脸的仆人，对待他故意被骗去几个铜板的街头香蕉小贩别无二致。如果迦摩施瓦弥来找他抱怨，或因一桩生意指责他，他也会好奇地耐心倾听，表示惊讶，试图理解，对他做适度的让步，接着离开他，去约见下一位需要他的人。许多人来找他做生意，许多人想蒙骗他，许多人试图探听他，许多人想博得他的同情，许多人想得到他的建议。他给出建议，表示同情，慷慨解囊，他甚至故意被欺骗。就像当年他热衷于侍奉诸神和做沙门时一样，他全神贯注，激情饱满地和众人游戏着。

时常，他感到内心深处有一个垂微的声音在轻声提醒，轻声抱怨。轻到几乎无从捕捉。他开始在某些时刻意识到自己正过着荒谬的生活。所有这些他做的事情无非是游戏。这游戏令他快活，偶尔让他愉悦。但是真实的生活却擦身而过，无法触及。如同一个人在玩球，他同他的生意以及周围的人玩耍。他冷眼旁观，寻得开心。而他的心，他存在的源泉却不在。那眼泉十分遥远，渐渐消失在视线之外，与他的生活无关。几次，他为他意识到的这一切感到惊恐。他希望自己也能满腔热情，全心全意地参与到孩子气的日常行为中。真正地去生活、去劳作、去享乐，而不只是一位旁观者。

他一直拜访美丽的迦摩罗。学爱情的艺术，做情欲的礼拜。在性爱中，付出和索取比在任何别处都更加水乳交融。他跟她闲谈，向她学习，给她建议，也接受她的忠告。迦摩罗对他的了解更胜于当年乔文达对他的了解。她跟他更加相像。

有一次，他对她说："你就像我。你跟大多数人不同。你是迦摩罗，不是别人。你随时可抵达内心安静庇护的一隅，如同回家。我亦如此。只有少数人才有这样的内心，尽管人人都可习得。"

"不是所有人都聪明。"迦摩罗道。

"不。"悉达多道，"聪明并非关键。迦摩施瓦弥聪明如我，但他心中没有这安静庇护的一隅。其他人内心虽有，但才智却如孩童。大多数人，迦摩罗，仿佛一片落叶，在空中翻滚、飘摇，最后跟跄着归于尘土。有的人，极少数，如同天际之星，沿着固定的轨迹运行。没有风能动摇他，他内心自有律法和轨道。在我认识的沙门和贤士中，有一位即是如此。他是一位功德圆满的觉者，我永远不会忘记。他就是乔达摩，世尊佛陀，那位宣法之人。每天有上千徒众听他宣法，追随他的脚步。但这些徒众却如同落叶，内心没有自己的教义和律法。"

迦摩罗含笑注视他。"你又提起他。"她道，"你的思想又如同一位沙门了。"

悉达多沉默不语。接着，他们以迦摩罗熟悉的三十种或四十种不同的体位做爱。她的身躯像豹子，像猎人的弓弦般柔韧。跟她鱼水相欢之人，必获得诸多快感，洞悉许多秘密。她和悉达多长久地做爱。她引诱他，再推辞他，强逼他，再顺从他，为他高超的技巧雀跃，直至他被完全征服，精疲力竭地躺在她身边。

名妓迦摩罗伏在他身上，久久地凝视悉达多的脸，凝视他疲惫的双睛。

"你是我见过的，"她思索着，"最好的情人。你比别人更强壮，更柔韧，更欲望强烈。你出色地学会我的艺术，悉达多。日后，待我年纪大些，我要有一个你的孩子。

然而，亲爱的，你依然是个沙门。你并不爱我，也不爱任何人。难道不是吗？"

"或许是。"悉达多疲惫地说，"我就像你。你也谁都不爱——否则你怎会将爱当作艺术经营？像你我这类人大概都不会爱。如孩童般的世人才会爱。这是他们的秘密。"

## 轮回

　　长久以来，悉达多虽不属于尘世，却经历了尘世声色之娱。他在狂热的沙门岁月中被扼杀的感官渐渐苏醒。他品尝了财富、淫乐和权力的滋味。唯有聪明的迦摩罗深知，他内心仍是个沙门。指引他生活的一直是思考、等待和斋戒的技艺。他和孩童般的世人间彼此依旧陌生。

　　岁月如流。悉达多在饱食丰衣的日子里几乎觉察不到流逝的光阴。他已十分富有，早已拥有宅邸、仆从和位于城郊河畔的花园。人们攀附他，在需要借贷或忠告时求见他，但只有迦摩罗与他知近。

　　在意气风发的青年时代，在聆听乔达摩宣法、告别乔文达后的岁月，悉达多曾拥有崇高的觉醒、迫切的期许，绝不仰仗法义和老师的独立豪情。他曾恭候内心神性的声音。如今，这一切已成记忆、往昔。曾在他心中呼啸的圣音，如今遥远而微弱地低语着。尽管他跟随沙门、乔达摩、他婆罗门的父亲习得的学问，诸如节制地生活、思考的乐趣、禅定的习惯，以及那关乎既非肉体亦非意识的永恒之我的秘密知识，仍长久地留在他心中，但许多已覆没，蒙尘。如同陶匠的旋盘，一经起模便长久旋转，随后却渐渐倦乏，停摆。悉达多灵魂的苦修之轮、思想之轮、分辨之轮长久旋转着，依旧旋转着，但它已渐缓，松动乃至接近静止。如同濒死的树干因潮气侵袭、注满而腐朽，世俗和惰性侵入并充满悉达多的灵魂。它不再轻盈，反而疲惫、麻痹。同时，他的感官却活跃起来，它学到许多，体验许多。

悉达多学会做生意，发号施令，寻欢作乐。他学会穿戴华美的服饰，使唤仆从，在芳馥的水中沐浴。他学会品尝佳肴，也吃鱼、肉和飞禽。他学会享用香料和甜品，学会忘乎形骸地纵饮。他学会掷色子、下棋，观赏舞女表演，乘轿子，睡在绵软的床上。只是他依旧自认与众不同，卓尔不群。对待他人，他总带着嘲弄的蔑视，如同沙门蔑视俗人。当迦摩施瓦弥不安、愤怒，自觉被冒犯或为生意烦恼时，他总是轻蔑地袖手旁观。随着秋收季和雨季的往复，他的蔑视在不知不觉间逐渐乏力，优越感逐渐平复。随着日进斗金，他也沾染了世人的幼稚和胆怯。而他羡慕世人。他越和他们相像，就越羡慕他们。他羡慕他们拥有，他却欠缺的对个人生活的重视，羡慕他们强烈的快乐和恐惧，羡慕他们为不安又甜蜜的幸福感而不断坠入爱河，羡慕他们不懈地爱自己、爱女人、爱他们的孩子、爱名望金钱，羡慕他们热衷于诸多盘算和祈盼。他无法效仿这孩童般的快乐和愚蠢。他学会的，恰是他最难接受、最蔑视的东西。在一夜狂欢后的清晨，他时常长久中辍，疲劳倦怠、浑浑噩噩。当迦摩施瓦弥的牢骚让他感到无聊时，他易怒而不耐。在掷色子输光时，他夸张的笑声过分响亮。他看起来依旧比旁人聪敏、明智，但笑容极少。一些富人常见的面貌渐次显现在他脸上：焦躁、涣散、无情、贪而不足、饱食无度。富人的灵魂病逐渐侵袭他。

如面纱，如薄雾，倦怠一天天席卷悉达多。每月浑浊一些，每年沉重一些。像一件新衣随时光变旧，失去往日华美的色彩，出现斑驳、褶皱，衣边磨碎，四处破损，抽丝。悉达多离开乔文达后的新生活已经枯萎。它随苒苒的光阴失去光泽，积聚褶皱和斑点；虽藏于深处，却不时显露恶劣。失落和厌恶伺机待发。悉达多并未察觉。他只意识到内心曾觉醒的清悦笃定之音，曾不断指引他的声音，已悄然缄默。

世俗将他囚禁。情欲、贪欲和惰性，以及他最蔑视、时常嘲笑、视为最愚昧的唯利是图俘虏了他。他拜倒在钱财下。赚钱于他不再是游戏和琐事，而是枷锁和负荷。在充满诡诈的歧路上，他最终沉迷于卑劣的赌博。自沙门时代在他心中终结，悉达多便开始了这种赌钱和珠宝的游戏。起初，他心不在焉、略带戏谑地效仿这世人的风俗，如今却难以自拔地沉溺其中，成为嗜好。他是个令人生畏的赌徒。他放肆地高额下注，让人胆寒。他出于心灵的焦灼赌博，将粗鄙的钱财挥霍殆尽以获得剧烈的快感。再没有其他方式能更清晰、更尖锐地表达他对商人们膜拜的金钱的蔑视。他挥金如土无所顾忌，憎恶自己，自我嘲弄。赢得千金，再一掷千金。他输钱，输首饰，输农庄，之后再赢回来，再输掉。他爱那种在掷色子时、豪赌时，心惊肉跳令人窒息的恐惧感。他爱这种恐惧，爱不断翻新、不断升级的强烈刺激。只有在这种刺激下，他才能在浑噩的、醉生梦死的寡淡生活中感受到一丝类似幸福、波澜和生气的东西。大笔输钱后，他又去积累新的财富，狂热地做生意，严厉地逼迫借贷人还账，只为继续赌博、挥霍，继续彰显他对财富的蔑视。输钱时，悉达多不再处变不惊。他对拖欠还贷的人失去耐性，对乞丐不再仁慈，对施舍毫无兴趣，也不再借钱给求助的人。这个在赌局中狂笑着下注的人在生意场上越发苛刻吝啬，甚至他的梦里都充满铜臭！每逢他从不堪的迷醉中苏醒，在卧室墙上的镜中窥见自己业已衰老、不再俊美的脸，羞愧和厌恶就袭上心头。接着，他继续逃遁，逃到新的赌局中，逃到性和酒的麻醉中，之后再回到敛钱的冲动里。在这荒诞的轮回中，他疲惫不堪，衰老而虚弱。

那时，他被一个梦唤醒。当晚他正同迦摩罗在她的后花园交谈，他们坐在树下。迦摩罗说了些引人深思的话，难掩忧愁和倦烦。她请求悉达多一再为她描述乔达摩的样子，他的目光如何清澈，嘴唇如何优美，微笑如何亲善，步态如何沉静。一再地，悉达多讲着佛陀的事。迦摩罗嗟叹着，又道："日后，或许不久，我也要追随佛陀。我要把我的花园献给他，皈依他的教义。"

接着，她却开始挑逗他，带着苦情与他做爱。她狂热地紧紧拥抱他，流着泪亲他、咬他，仿佛要从虚幻短促的快感中榨取最后一滴甘露。悉达多从未如此明白，性和死是如此相近。之后他躺在她身旁，面对她的脸。他在她的眼角、唇边读到从未读到的焦虑。这些由细密轻浅的皱纹书写的焦虑让人想到秋日和晚景。如同悉达多，步入不惑，白发依稀，迦摩罗美丽的脸上写满倦怠。她的美已开始枯萎，带着隐匿的、未被言说、未被察觉的焦虑：惧怕衰老，惧怕凋敝之秋，惧怕必死的命运。他叹息着和她道别，灵魂充满幽闭的哀愁。

夜晚，悉达多在自己的宅邸同舞女饮酒作乐。他傲睨寻欢的同伴，尽管他已毫无自负的资本。他喝了许多酒，午夜后才踉跄着就寝。他疲惫躁动，几近痛哭，几近绝望。他徒劳地试图入睡，内心满是无法承受的悲哀，满是厌恶，就像厌恶令人作呕的劣酒，过分甜腻浅白的音乐，厌恶舞女的媚笑和她们过分香艳的头发和胸脯。但最让他作呕的是他自己。他洒了香水的头发，喷着酒气的嘴，松懈倦遢的皮肤。一个酒食过度之人，需经受折磨、呕吐，才能感到轻松快慰。这个夜不能寐的人正希望自己能从欲呕的狂澜中，从享乐中、恶习中，从失控的生活中，从自身中解脱出来。东方泛白，街上的商铺已准备开张，他在困意中昏睡了片刻。这一刻，他做了一个梦：

他梦见迦摩罗养在金笼中罕见的知更鸟。这只在清晨啼唱的歌鸟突然默不作声。他感到意外，走近鸟笼窥探。他看见鸟已死去，僵直地躺在笼中。他取出它，放在手中瞧着，之后把它扔到巷子里。这一刻，他感到异常惊恐又十分心痛。仿佛他把一切宝贵美好的东西，连同这只死去的鸟一起扔掉了。

惊醒后，他感到自己被深深的悲哀包围。毫无价值，自己过着既无价值又无意义的生活。了无生气，他没有得到任何珍贵的、值得保留的东西。他孤单伫立，空洞得如同岸边遇难的破船。

悉达多阴郁地走进花园，锁上园门，坐在杧果树下，心中充满死意和恐惧。他坐在杧果树下，体察死意和恐惧又如何在胸中幻灭、枯萎，如何走向终结。他缓慢地集中思想，回顾自己的生活。从有记忆的日子开始，他何时幸福，又何时喜悦过？哦！是的，他有过许多幸福和喜悦，少年时他就品尝过这些滋味。当他赢得婆罗门的夸赞，当他超过其他孩子，出色地背诵圣诗，与贤士们辩论，参与祭祀。那时，他听见内心的声音说："路在前方，走这条路是你的使命。诸神在等你。"青年时，随着思想之目标不断高扬，他从志向相当的人中脱颖而出。他在痛苦中思索梵天真谛，每次获得真知都点燃他新的渴求。在渴求间，痛苦中，他又听到心中的召唤："继续！继续！这是你的使命！"这声音召唤他，在他离开家乡，成为沙门时；在他离开沙门，走向世尊佛陀时；在他离开世尊佛陀，踏入无常时。他已多久没听见这声音？已有多久毫无精进？他走过多少平庸、荒芜的路。多年来，他没有崇高目标，没有渴望，毫无进取。他贪婪无厌，餍足于可怜的嗜好！多年来，他一直在浑然不觉中试图且盼望成为世人。可他的生活却因为他怀着别样的目标和忧虑，远比那些孩童般的世人更加不幸和贫穷。由迦摩施瓦弥一类人构成的世界于他不过是一场游戏，一支供人观赏的舞蹈，一部闹剧。他唯一珍惜的是迦摩罗。他珍惜她——但依然珍惜吗？他还需要她，或她还需要他吗？难道他们不是在无尽的游戏中游戏？为这游戏而活可有必要？不，没有必要！这游戏叫作轮回，一种孩童游戏，一种或许可爱的游戏。一次，两次，十次——难道要不停地游戏下去？

悉达多这时清楚，游戏业已终结。他不会再游戏下去。一阵战栗袭击了他的肉体和心灵，他感到某些东西已经死去。

他整日坐在杧果树下。想着父亲、乔文达，想着乔达摩。难道离开他们是为了成为迦摩施瓦弥？黑夜方临，他仍坐在树下。举头仰望繁星时，他想："我正坐在我的杧果树下，我的花园里。"他淡然一笑——我竟拥有一棵杧果树，一座花园。这是真实的，必要的吗？难道这不是一场愚蠢的游戏？

他与这些做了了断。它们已在他心中死去。他起身告别杧果树和花园。他已整日未食，感到饥饿。他想到自己在城中的宅邸、卧室和床，想到餐桌上的佳肴，疲惫地笑着摇了摇头。他已同它们告别。

当天深夜，悉达多离开花园和城邑，一去不返。迦摩施瓦弥唤人四处寻找，以为他落入盗匪之手。迦摩罗却没有找他。她得知悉达多失踪后并不惊讶，她早有所料。他本来就是沙门，一个无家可归的人，一位求道者。在最后的欢聚中，她已更强烈地察觉。她在失却的痛苦中欣喜，她能最后一次把他紧贴胸口，再一次彻底被他征服。

得知悉达多失踪后，她走到窗前的金鸟笼前，打开笼门，取出那只珍稀的知更鸟，放飞了它。她久久地注视着远去的飞鸟。从这天起，她关闭宅邸，不再见客。不久后，她发现同悉达多最后的交欢令她怀了身孕。

# 在河边

悉达多远离城邑，步入林中。他只清楚，他不会再回去。多年的生活已一去不返。他尝够这生活的滋味，到了恶心的地步。他梦中的知更鸟死了。他心中的鸟也死了。他深困于轮回的牢笼。似一块吸饱水的海绵，他尝够厌恶和死亡的味道。他浑身腻烦，浑身痛苦，浑身充满死意。世上再没什么能诱惑他，愉悦他，安抚他。

他只盼忘掉自己，得到安宁，甚至死去。只求闪电击毙他！虎狼吞噬他！只求一杯毒酒麻醉他，让他遗忘、沉睡，永不醒来！这世上还有哪种秽迹他没习染？还有什么罪孽和蠢行他没触及？还有哪一隅灵魂的荒蛮之地他没驻足？他岂能再活？再呼吸？再感觉饥饿，再吃，再睡，再和女人同

第？这轮回不是耗尽和桎梏了他？

悉达多抵达河畔。年轻时，他从乔达摩的舍卫城中来，有位船夫曾在此渡他过岸。他疑虑着驻足，被疲倦和饥饿折磨：为何继续走？去哪里？有何目标？不，除了深切悲痛地盼着抛却极度荒芜的梦，倾吐陈腐的酒，终结可怜又可耻的生活，他没有别的目标。

河畔一株椰子树的枝干伸向河面。悉达多倚着树，抱住枝干，俯视碧波。河水湍急。他俯视着，心中升腾强烈的愿望：撒手，坠入河中。河水映出他灵魂骇人的空虚。是，他已走到尽头。除了毁掉自我，将失败的生活粉碎，抛到狂笑的诸神脚下，他别无他途。这不正是他期盼的呕吐的狂澜：去死，粉碎他憎恶的肉体！让它被鱼吃掉。这发疯、堕落而腐朽的肉体，这凋敝尽耗的灵魂，这条悉达多的狗！愿它被鱼或鳄撕咬，愿它被恶魔扯碎！

他神色扭曲地瞪着河水中倒映的脸，呕吐起来。他虚弱地松开抱住枝干的双臂，轻微旋转身躯，好垂直入水，好沉溺。他紧闭双眼，跌下去，迎接死亡。

这时，自灵魂荒芜的一隅，自往昔颓废的生活中传来一个声音。这声音是一个字、一个音节，是神圣的"唵"，是婆罗门祷辞中起始与收束的古老之音。它常意味"圆满""完成"。他喃喃脱口而出。就在"唵"字之音擦过耳畔的瞬间，他长眠的魂魄猛然复苏，他辨认出自己的蠢行。

悉达多深感惊恐。这正是他的境况：绝望、步入歧途，抛弃智识，甚至求死。这幼稚的求死之心不断滋生，乃至行将摆脱肉体，求得安宁！"唵"字迫入意志的强烈远胜于近来悔恨和死意的折磨。这一刻促成他在不幸中、在癫狂中认清自己。

"唵！"他自语，"唵！"他又认识了阿特曼，不灭的生命，认识了一切他遗忘的神圣事物。

可这只是刹那，是一道闪电。悉达多跌落在椰子树下。他疲倦地仰面朝天，念着"唵"，头枕树根沉沉睡去。

他许久没如此无梦地酣睡过，多时后醒来，仿佛过了十年。他听见河水温柔地涌动，不知身在何处，不知谁引领他前来。睁开双眼，他惊讶地望着头顶的大树和苍天回想，可往事蒙着面纱，默然立于无限的远方。他想了许久，只记起他放弃了过去的生活——在恢复意识的最初，往日有如前世，或当下之"我"的早产——他记起他迫切要丢弃浑身的烦腻与愁闷，甚至赴死。他记起他在河边的椰子树下，在神圣的"唵"字脱口而出时复活、苏醒，环顾世界。他轻吟令他沉睡的"唵"。睡眠于他不过是一声深意又专注的"唵"，一次"唵"的思考，一次隐匿又全然抵达的"唵"——那无名之地，圆满之地。

多么畅快的酣睡！没有哪次睡眠让他如此焕发神采，重获新生，恢复青春！或许他真的死了？又从一具新的躯壳中再生？并非如此，他认得自己。他认得自己的手脚，认得此处，认得他胸中的"我"，执拗怪异的悉达多。可这悉达多已变形，脱胎换骨。他奇异地睡去又清醒，愉快又好奇。

悉达多起身，见对面坐着一位穿黄色僧衣的陌生和尚，他仿佛正在禅定。悉达多打量起这位既无头发又无胡须的僧人，很快，他认出他是自己青年时代的朋友，皈依佛陀的乔文达。同样，乔文达也老了，可他神色依旧：热切，忠贞，审慎。乔文达这时有所觉察，睁开双眼。他见悉达多已醒，十分高兴，他仿佛一直在等他醒来，尽管他并未认出悉达多。

"我睡着了。"悉达多道，"你怎会在此？"

"你睡着了。"乔文达道，"睡在蛇和野兽时常出没的地方不好。我？先生，我是世尊乔达摩、佛陀释迦牟尼的弟子。我们僧人去朝圣，见你躺在这危险之处酣睡。先生，我试图唤醒你，你却睡得深沉。我留下守候你，可我并不称职，我好像睡着了，疲惫战胜了我，尽管我本想守候你。现在你醒了，我该走了，去追赶我的弟兄。"

"我感谢你，沙门，感谢你守候我。"悉达多道，"你们佛陀弟子良善。那么你走吧。"

"我走了，先生。愿你安康。"

"我感谢你，沙门。"

乔文达施礼道："再会。"

"再会，乔文达。"悉达多道。

僧人驻足。

"允许的话，先生，请问你怎会知道我的名字？"

悉达多笑了。

"我认得你，乔文达。在你父亲的屋舍，在婆罗门学园，在祭祀中，在我们追随沙门的路上，在祇树给孤独园你皈依世尊的时刻。"

"你是悉达多！"乔文达叫道，"我认出你。我不明白，我为何没立即认出你！悉达多，与你重逢我十分高兴。"

"与你重逢我也十分高兴。我要再次感谢你刚才的守候，尽管我无须守候。你去哪里，我的朋友？"

"我没有目的地。我们僧人总在路上，生活规律。宣法，祈食，赶路。雨季后，我们从一处赶往另一处，一贯如此。你呢，悉达多，你去何处？"

悉达多道："我亦如此，朋友。我没有目的地。我在求道的路上。"

乔文达道："你说你去求道，我相信你。但请原谅我，悉达多，你看上去不像求道之人。你穿着富人的衣裳和鞋子，你头发飘香。这不像求道者，也不是沙门。"

"是，亲爱的，你看得仔细，你锐利的双眼看穿一切。我并未说我是沙门，我说我去求道。正是，我去求道。"

"你去求道。"乔文达道，"但鲜有求道者如此打扮，我朝圣多年从未见过。"

"我相信你，我的乔文达。可是今天，你遇见如此打扮的求道者，穿这样的鞋、衣裳。你记得，亲爱的：世相无常。我们的装扮、发式和身体最为无常。你看得不错，我穿富人的衣服，因为我曾富有。我的发式荒淫俗气，因为我曾荒淫俗气。"

"可现在，悉达多，现在你是什么人？"

"我不知道，我知道得不比你多。我在路上。我曾是富人，现在不是。而明天我是什么人，我不知道。"

"你失去了财富？"

"我失去了财富，或财富失去了我。它已不在。世相之轮飞转，乔文达。婆罗门悉达多在哪里？沙门悉达多在哪里？富有的悉达多在哪里？无常之物更迭迅速。乔文达，这你晓得。"

乔文达疑惑地长久注视他青年时代的朋友。他向他致意，如同向一位贵人致意，接着继续赶路。

悉达多微笑着目送他的背影，他依然爱乔文达的忠贞审慎。这醒后被"唵"充满的神圣时刻，他怎能不爱！这睡眠和"唵"的魔术，让他喜悦地爱上他所见的一切。此刻，他也见到曾经病入膏肓的自己，他曾不爱任何人，也不爱任何事。

微笑着，悉达多目送远去的僧人。睡眠令他强健，但饥饿折磨他。他已两天未食，而他抵抗饥饿的能力已丧失许久。他伤感又幸福地回忆起他曾跟迦摩罗夸耀，他懂三种高贵又制胜的艺术：斋戒、等待、思考。这是他的宝，他的力，他不变的支撑。他用他勤奋艰辛的全部青年岁月修习这三门艺术，如今他却遗弃了它们，不再斋戒、等待、思考。为了肉体、享乐和财富这些无常之物、卑劣之物，他交付了它们！他陷入古怪的现实。看来，他已真正成为世人。

悉达多艰难地思考自己的处境，尽管他全无思考的兴致，却依旧强行思考。

那么，他想：无常之物已远离我。像儿时一样，我又一无所有，一无所能，无力又无知地站在阳光下。多么奇异！在青春逝去、两鬓斑白、体力渐衰的时候一切从儿时开始！他笑了。我的命运真奇特！不断堕落，直到空洞、赤裸、愚蠢地立于世间。可他并不伤感。不，他甚至想大笑，笑古怪愚蠢的世界。"你竟走了下坡路！"他笑着自语，瞥向河面，河水也欢歌着一路不断下行。他愉快亲切地望着河水，这不是那条他想溺亡的河吗？是前世，百年前，还是一场梦？

他想，我的人生之路确实古怪曲折。少年时，我只知神明和献祭。青年时，我只知苦修、思考和禅定；我渴求梵天，崇拜永恒的阿特曼。壮年时，我追随忏悔者生活在林中，漠视肉体，忍受酷暑严寒和饥饿。之后我又奇迹般地与佛陀和他至高的法义相遇，关乎圆一世界的真理如血液般在我体内奔涌，但我又不得不告别佛陀及其伟大学说。我跟迦摩罗学《爱经》，跟迦摩施瓦弥学做生意。赚钱又输钱。我学会养尊处优，满足肉体。我失去精神家园，荒疏思想，忘记圆一。不是吗？在这漫长曲折的路上，一个男人成了孩子，一位思考者成了世人。然而这条路又十分美好，然而我胸中之鸣鸟尚未死去。这是怎样的路！为重新成为孩子，为从头再来，我必须变蠢、习恶、犯错。必须经历厌恶、失望、痛苦。可我的心赞许我走这条路，我的眼睛为此欢笑。为收获恩宠，重新听见"唵"，为再次酣睡，适时醒来，我必须走投无路，堕入深渊，直至动了愚蠢的轻生之念。为了重新找到内在的阿特曼，我必须先成为愚人。为了再活，我必须犯罪。这条路还会引我去向何方？它如此古怪，泥泞不堪，或许是个旋回。它自便吧，我愿随它走。

他感到胸中沸腾着喜悦。

可这喜悦从何而来？他扪心自问。难道是酣眠抚慰了我？还是来自"我"口中的"唵"？或者因为我彻底摆脱过去，获得自由，像孩子般站在蓝天下？哦！摆脱羁绊，自由自在真好！呼吸这洁净的空气真好！而我出逃的地方却处处是香膏、香料、酒精和慵懒之气。我痛恨那富人、贪婪者和赌徒的世界！痛恨在那可怕世界里生活多年的悉达多！痛恨那自我放弃、自我毒害、自我折磨的悉达多，又老又恶的悉达多！不，我不会再重蹈覆辙！我做得不错，我必须赞美自己，我终结了自我憎恨，终结了可恶荒谬的生活！我赞美你，悉达多！愚蠢多年后又能思想和行动，又能听见心中鸣鸟的欢歌，又能跟随它！

他快活地赞美自己，好奇地听着腹中饥饿的叫声。他庆幸他最近品尝了痛苦、绝望和死亡的味道。假如他仍住在绵软温柔的地狱，待在迦摩施瓦弥的世界里赢钱、输钱，饱食终日，灵魂焦渴，那绝望赴死的一刻就不会到来。而绝望并未毁灭他。他心中的鸣鸟，快乐之源依然活着。他感到快乐并为此欢笑，白发映衬的脸庞绽放神采。

他想："亲口品尝尘世的一切很好。尽管孩提时我已知道，淫乐和财富不属于善。我熟知已久，却刚刚经历，不仅用思想，还用眼睛、心灵和肉体经历。我庆幸我经历了它！"

他久久深思自己的转变。鸟儿鸣叫着，像唱着他的欢歌。难道不是这只鸟已在他心中死去，难道他没感觉到它的死？不，是一些别的死了。一些早就渴望死掉的东西死了。那死去的，不是他在狂热的忏悔年代要扼杀的"我"？难道不是他渺小不安又骄傲的"我"，他一直与之对抗又总是败下阵来的"我"？总是死掉又复活的"我"，禁止欢乐却捕获恐惧的"我"？难道不是今天，在林中，在这条可爱的河里寻死的"我"？难道不是因为这死，他才像个孩子，充满信任、毫无畏惧又满怀喜悦？

现在悉达多也明白，为何他作为婆罗门和忏悔者时，曾徒然地与自我苦斗。是太多知识阻碍了他。太多神圣诗篇、祭祀礼仪，太多苦修，太多作为与挣扎！他曾骄傲、聪敏、热切，总是先行一步，总是无所不知，充满智慧，神圣贤明。他的"我"在他的圣徒气质中、傲慢中、精神性中隐藏起来。在他自以为用斋戒和忏悔能扼杀"我"时，"我"却盘踞生长着。于是他终于清楚，任何学问也不能让他获得救赎，他该听从内心的秘密之音。为此他不得不步入尘世，迷失在欲望和权力、女人和金钱中，成为商人、赌徒、酒鬼和财迷，直至圣徒和沙门在他心中死去。他不得不继续那不堪的岁月，承受厌恶、空虚，承受沉闷而毫无意义的生活，直至他最终陷入苦涩的绝望，直至荒淫且利欲熏心的悉达多死去。他死了。一个新的悉达多从睡眠中苏醒。这个新生的悉达多也将衰老，死去。悉达多将消逝。一切有形之物都将消逝。可今天他还年轻，还是个孩子。今天，他是快乐崭新的悉达多。

他思索着、微笑着倾听饥肠辘辘，感激地倾听蜜蜂嗡嗡，愉快地望向水波。他从未对一条河如此着迷，从未发觉河流的奔涌如此悦耳有力。他似乎觉得，河水要告诉他一些特别的事情，一些他从未领悟、尚待领悟的事情。在这条河中，他曾想自溺。而今，那衰老疲惫而绝望的悉达多已经溺亡，新的悉达多却深爱着湍流！他决定留在河边。

## 船夫

我要留在河边，悉达多想。这条河是我当年步入俗世的起点，一位友善的船夫曾渡我过河，我要去找他。离开他的茅舍后，我走向如今业已衰亡的生活——但愿我当下的路和新生活也从他那里起步！

他温柔地凝视湍急的河水，凝视它清澈的碧波和它秘密绘制的晶莹波纹。他看见水深处闪耀着珠光，平静的气泡嬉戏在如镜的水面上，蓝天倒映在水里。河水以绿色、白色、透明和湛蓝的万千双眼回视他。他多爱这条河，多感激它，这条河多令他心醉！他听见心中重新苏醒的声音说：爱这条河！留在它身边！求教它！哦是的，他愿跟随它，倾听它。他知道，获悉这条河的秘密，就能获悉许多别的秘密，所有秘密。

今天，他从河水的秘密中获悉一个撼动灵魂的秘密。他看见河水不懈奔流，却总在此处。永远是这条河，却时刻更新！哦，这谁能领悟，谁又能懂得！他不能。他只感到河水激起他遥远的记忆，激起神的声音。

悉达多起身，忍受无以复加的饥饿，继续沿河岸踱步。他倾听淙淙的水声和体内饥饿的欢叫。

他来到渡口，当年的那条船依旧泊在原处，曾摆渡年轻沙门的船夫站在船旁。他已苍老，但悉达多立刻认出了他。

"你可愿渡我过河？"他问。

船夫惊讶地望着这位独自踱步的华贵之人，继而扶他上船，撑船离岸。

"你选择了一种美好的生活。"客人道，"每天生活在岸边，行驶在河面，一定十分美好。"

船夫摇橹微笑道："的确美好，先生，如你所云。难道不是每种生活、每种劳作都很美好？"

"或许。可我羡慕你的生活。"

"啊，你很快会失去兴趣。这种生活不适合穿着体面之人。"

悉达多笑道："今天，我已因着装惹人猜疑。船夫，你可愿接受我这身累赘的衣服？你知道，我没钱支付船费。"

"先生玩笑了。"船夫笑道。

"我没开玩笑，朋友。你看，你曾不计报酬地渡我过河。今天亦如此。还是请收下我的衣服。"

"难道先生要不穿衣服继续赶路？"

"啊，我倒希望最好不再赶路。船夫，你要是给我条旧围裙，收我做你的帮手就好了。最好做你的学徒，我要先学会撑船。"

船夫狐疑地长久凝视陌生人。

"我认出你了。"终于，他开口道，"很久以前，二十多年前，我曾渡你过河，你在我的茅舍过夜，我们曾像好友般道别。你那时不是沙门吗？我已记不得你的名字。"

"我叫悉达多。你初次见我时，我的确是沙门。"

"悉达多，欢迎你。我叫瓦稣迪瓦。我希望你今天仍是我的客人，住在我的茅舍。跟我讲讲你从哪里来，为何你的华服成了累赘。"

他们抵达河中央。瓦稣迪瓦凝视船头，沉静地以有力的双臂摇橹，逆流而行。悉达多坐着，望向他，记起沙门岁月的最后一日，他心中曾对船夫升腾敬意。他感激地接受了瓦稣迪瓦的邀请。靠岸后，他帮船夫将船拴在桩上，随船夫步入茅舍。

船夫端来面包和水，悉达多欢快地吃着，也吃了杧果。

黄昏时，他们坐在岸边一根残株上。悉达多向船夫述说起自己的来历和生活，述说那些历历在目的绝望时刻，直至夜深。

瓦稣迪瓦专注地倾听。悉达多的出身和童年，苦学与探求，欢乐与困顿。船夫最大的美德是倾听：他乃少数擅长倾听之人。即便默不作声，讲述者也能感知他在安静、坦诚、满怀期待地倾听。他既不褒扬亦不挑剔，只是倾听。悉达多清楚，能向这样一位倾听者倾诉自己的生活、渴望与烦忧是何等幸运。

最后，悉达多讲到河边的树，自己的沉沦，神圣的"唵"，讲到他如何在酣眠后爱上这条河。这时，船夫闭起双眼，加倍专注地倾听。

二人长久缄默后，瓦稣迪瓦道："正如我所料，河水向你诉说，与你对话，它也是你的朋友。这好极了！留在这里吧，悉达多，我的朋友。我曾有过妻子，她的床仍在我的旁边，但她已过世多年，我独自生活。你和我一起生活吧，吃住对我们来说甚为充裕。"

"我感谢你。"悉达多道，"我感谢你并接受你的邀请。此外，瓦稣迪瓦，我还要感谢你专心听我倾诉！懂得倾听之人极少。而像你这样懂得倾听的人我尚未见过。我需向你求教。"

"你自会学到。"瓦稣迪瓦道，"却不是跟我。我跟河水学会倾听，你也该跟它学。河水无所不知，求教河水你可学会一切。你瞧，你已学会足履实地，学会沉寂并向深处探寻。富有而高贵的悉达多要成为摆渡人。博学的婆罗门悉达多要成为船夫。这也是河水所示。你还会跟河水学会别的东西。"

沉吟片刻后，悉达多道："别的指什么，瓦稣迪瓦？"

瓦稣迪瓦起身。"不早了，"他道，"该休息了。我无法告诉你'别的'指什么。哦！朋友，你自会学到。或许你已学会。你看，我不是导师，不擅言辞和思考。我只懂倾听，保持驯良，其他我均未学到。若我能言善道，或许我会成为智者，但我只是个船夫。我的任务是渡人过河。我渡过千万人过河，他们将我的河视作旅途中的障碍。他们出门赚钱、做生意、出席婚礼或去进香，而这条河挡了他们的路。船夫要帮他们迅速渡过障碍。对于这些人中为数不多的四五人来说，河水却并非障碍，他们凝神听水。同我一样，河水在他们心中圣化。我们该休息了，悉达多。"

悉达多留在船夫处学习摇橹。若渡口无事，他便跟随瓦稣迪瓦去稻田耕作，去捡木头、摘芭蕉。他学制船桨，学补船和编篓，无论学什么都兴致盎然。时日如飞，他跟河水比跟瓦稣迪瓦学到的更多，他永不停歇地向河水求教，首要的是学会抛弃激情和期盼，不论断、无成见地以寂静的心、侍奉和敞开的灵去倾听。

他愉快地生活在瓦稣迪瓦身边。瓦稣迪瓦不喜多言，悉达多很少能激起他交谈的兴致。他们只是偶尔交流几句深思熟虑的话。

"你，"一天，悉达多问瓦稣迪瓦，"你也跟河水悟出'时间并不存在'这一秘密吗？"

瓦稣迪瓦现出明朗的微笑。

"是的，悉达多。"他道，"你的意思是，河水无处不在。无论在源头、河口、瀑布、船埠，还是在湍流中、大海里、山涧中。对于河水来说只有当下，既没有过去的影子，也没有未来的影子？"

"是的。"悉达多道，"我领悟到这个道理后，认出我的生活也是一条河。这条河用幻象，而非现实，隔开少年悉达多、成年悉达多和老年悉达多。悉达多的前世并非过去，死亡和重归梵天亦并非未来。没有过去，没有未来。一切都是本质和当下。"

悉达多醉心地讲着，这番领悟让他深感幸福。哦，难道不是时间令人痛苦？难道不是时间折磨人，令人恐惧？人一旦战胜时间、放逐时间，一切世上的苦难与仇恨不就被战胜、被放逐了？他醉心地讲着，瓦稣迪瓦则微笑着点头赞许。他轻抚悉达多的肩膀，接着去继续劳作。

又一次，正值雨季。河水暴涨，水势凶猛。悉达多问："朋友，河水可有许多声音？王的声音、卒的声音、牡牛的声音、夜莺的声音、孕育者的声音、叹息者的声音，成千上万的声音？"

"正是。"瓦稣迪瓦点头道，"一切受造者的声音皆在其中。"

"你可知道，"悉达多继续道，"当万千声音同时响彻耳畔时，它所说的那个字？"

瓦稣迪瓦幸福地微笑着，俯身靠近悉达多，在他耳畔说出神圣的"唵"。这也正是悉达多听到的。

悉达多和瓦稣迪瓦的笑容越来越像。他们天真无邪，白发婆娑，脸上绽放同样的神采，幸福的光华在他们细密的皱纹间盛开。许多旅人见到这对船夫，以为他们是兄弟。夜晚，他们常沉默地坐在岸边残株上听水。对他们来说，这不仅是水声，也是生命之声、存在之声、永恒之声。他们常在倾听时心系一处，想到某次对话，某位他们关注的船客的容貌与命运，想到死与童年。当河水诉说美好时，他们默契相视，为同样的疑问得到同样的答复而欣喜。

一些船客意识到这条船和两位船夫的非凡。时常，有船客凝望船夫，接着开始述说自己的生活和烦恼，坦白自己的过失，寻求告慰。时常，也有船客为听水而请求留宿。也有好奇者听说河边住着两位智者、法师和圣人，前来求教。他们提出问题，却从未得到答案。他们没有见到法师和智者，只是见到两位缄默迟钝、有些特别的老人，于是他们嘲笑那些轻信的愚蠢之人，散布荒谬的谣言。

一年年过去，没人再谈起两位船夫。

那时，一队朝圣的僧人，佛陀乔达摩的弟子急迫请求渡河。两位船夫从他们的交谈中获悉，世尊佛陀病至危笃，肉身将灭，即将进入涅槃。不久，众僧团纷至沓来。僧侣和徒众都在谈论乔达摩和他濒临的圆寂。如同出征或赶往国王加冕，四方如蚁般的人群犹如受施魔法般拥向佛陀静待灭度之处，拥向即将发生的非凡大事。一位自创世以来最伟大的世尊即将步入永恒。

此刻，悉达多怀念这位警示并唤醒世人的伟大导师。他曾听他宣法，曾满怀敬意地凝视他的圣容。悉达多心怀爱意地思念佛陀，回忆他的完满之路，不禁微笑着记起年少时他对佛陀讲过的那番老成又傲慢的话。尽管他并未接受佛陀的法义，但他早已知道，他无法与乔达摩分离。不，一位真正的求道者，真正渴求正觉成悟之人不会接受任何法义。但得道之人却认可任何法义、道路和目标。没有什么能将他和其他万千驻永恒、通神冥的圣贤隔绝。

这天，在去朝觐佛陀的徒众中，走来从前最美的名妓，衣着质朴的迦摩罗。她早已结束过去的生活，将花园赠予乔达摩僧团并皈依佛陀，成为朝圣者的施主和成员。她听说乔达摩病危，就带着儿子小悉达多步行前往朝觐。他们抵达河畔。小悉达多不时喊累，他哭着要回家，要休息，要吃。迦摩罗只好随他频繁停步。孩子任性，母亲不得不喂他吃，安抚他，呵斥他。孩子不理解母亲为何带他踏上辛苦忧伤的朝拜之路，去往陌生地，见一位陌生而垂死的圣人。他死了和小孩有什么关系？

两位朝圣者行近瓦稣迪瓦的渡船时，小悉达多再次要求停步。迦摩罗也感到疲倦，便给孩子香蕉充饥，自己席地闭目歇息。突然，她发出一声痛楚的惨叫，受惊的孩子忙望向她，见她脸色煞白，从她裙下溜出一条小黑蛇。迦摩罗被这条蛇咬伤。

　　母子俩疾步前行，寻求帮助。临近渡口时，迦摩罗瘫倒在地，无法动弹。孩子一边抱住母亲、亲吻母亲，一边凄厉地呼叫。迦摩罗也吃力地求救，直到声音传至渡船旁的瓦稣迪瓦耳中。他迅速赶来，将迦摩罗抱到船里。孩子紧随其后。很快，他们进了茅舍。悉达多正在炉边生火。他抬起头，先见到孩子的脸，这张脸让他惊讶地记起已经淡忘的往事。接着，他看见迦摩罗，尽管她晕厥地躺在船夫的臂弯中，悉达多还是马上认出她。他立即明白，这个有着和他相同面孔的孩子是他的儿子。他心潮起伏。

　　他们清洗了迦摩罗的伤口。她的伤口已经发黑，身体开始肿胀。他们喂她服了药，好叫她恢复神志。她躺在悉达多的床上，曾经深爱她的悉达多守在一旁。如梦似幻，她含笑回望昔日的恋人。渐渐地，她清醒过来，想起自己被蛇咬伤，便惶恐地呼叫孩子。

"别担心，他在你身边。"悉达多道。

迦摩罗望着他的双眼。蛇毒令她吐字艰难。"亲爱的，你老了。"她说，"头发白了。但你仍是当年那个赤裸身体，双足布满灰尘，来我花园的沙门。你比当年离开我和迦摩施瓦弥时更像那个沙门。悉达多，你又有了沙门的眼睛。啊，我也老了，老了——你可认出我？"

悉达多含笑道："我一眼就认出你。迦摩罗，亲爱的。"

迦摩罗指着孩子："你可也认得他？他是你的儿子。"

她目光迷离，闭起双眼。孩子哭起来。悉达多把他抱到膝头，任他哭，又抚摩他的头发。他望着孩子的脸，想起自己儿时学过的婆罗门祷文，开始慢声吟唱起来，祷词从往昔和童年涌向他。孩子在吟唱声中平静下来，他抽泣两声便沉沉睡去。悉达多把他放在瓦稣迪瓦的床上。瓦稣迪瓦正在炉边烧饭，悉达多瞥向他，他以微笑作答。

"她快死了。"悉达多轻声道。

瓦稣迪瓦点头。炉灶里的火焰闪耀在他慈祥的面孔上。

这时，迦摩罗再次恢复神志，她的脸因痛楚而扭曲着。悉达多在她的嘴唇和苍白的双颊上读出这痛楚，他安静而专注地守候她，沉浸在她的痛楚中。迦摩罗有所察觉，她用目光寻找他的眼睛。

她看见他，说道："我看到，你的眼睛变了，不同于从前。可我是怎么认出你的？你是悉达多，却又不是。"

悉达多不语，他安静地望着她的眼睛。

"你实现目标了吗？"她问，"找到你的安宁了吗？"

他笑了，手抚在她的手上。

"我懂。"她道，"我懂得。我也会找到我的安宁。"

"你已经找到了。"悉达多轻声道。

迦摩罗看着悉达多。她想起自己本是去朝觐乔达摩，去目睹佛陀的圣容，吸纳他的平和，却和悉达多重逢。这样也好，和见到佛陀同样好。她想把这告诉他，可舌头却不听使唤。她默默望着他。他从她眼中看出她的生命之光即将熄灭。当最后的痛苦在她眼中萦回又破碎，当最后的战栗惊掠她的身躯，他合上了她的眼睑。

他呆坐着，凝视她长眠的脸，她衰老、疲惫，不再丰满的嘴唇，想起早年自己曾把它比作新鲜开裂的无花果。他呆坐着，凝视她苍白的脸，倦怠的皱纹，仿佛凝视自己苍白倦怠的脸。他看见他们年轻时的容颜，鲜红的嘴唇，炙热的双眼。两种情境交织着充满他，成为永恒。他比以往更深刻地体会到生命不灭，刹那即永恒。

他起身。瓦稣迪瓦已备好米饭，可悉达多没吃。两位老人坐在羊圈的草堆上。瓦稣迪瓦躺下睡熟，悉达多则走出去，坐在深夜的屋舍前。他倾听河水奔涌，沉浸在往事中，被一生的时光触摸、簇拥。时而他站起来，走到茅舍门口，看一眼熟睡的孩子。

清晨的太阳尚未彻底升起，瓦稣迪瓦便走出羊圈，来到朋友身边。

"你没睡。"他道。

"我没睡，瓦稣迪瓦。我在这听水，河水讲了许多，它有益又统一的思想充满我。"

"你经受了痛苦，悉达多，可我并未发现你心头的悲伤。"

"没有，亲爱的，我为何悲伤？我富足、幸福，如今我更为富足、幸福。我有了儿子。"

"我欢迎你的儿子，悉达多。我们该去劳作了，事情很多。迦摩罗死在我过世妻子的床上，我们也该在焚化我妻子的山丘上为迦摩罗架起柴堆。"

孩子仍在熟睡。他们架起了柴堆。

# 儿子

孩子哭着，瑟缩着出席了母亲的葬礼，又阴郁着，怯生生地听悉达多唤他儿子，欢迎他留在瓦稣迪瓦的茅舍。他面色苍白，整日坐在母亲坟旁，不吃不喝，目光呆滞，心扉紧锁着抗拒命运。

悉达多疼惜他，由着他，尊重他的悲伤。悉达多理解，儿子跟他不熟，不能像爱父亲那样爱他。渐渐地，他发觉这个十一岁的孩子已被母亲宠坏。他在富有的环境中长大，习惯了美食、软床、使唤仆从。悉达多明白，一个悲伤又骄恣的孩子不会突然甘心待在陌生贫穷的地方。他不强迫他，而是为他做事，把最好的留给他。他希望善意的忍耐能慢慢赢得孩子的心。

孩子来时，他曾说自己富足而幸福。日子一天天过去，孩子却仍旧自负而心硬，对他冷漠疏远，不愿劳作，冒犯长辈，偷摘瓦稣迪瓦的果子。悉达多开始意识到，孩子带来的不是幸福安宁，而是痛苦忧虑。可是他爱他，宁愿忍受爱的痛苦和忧虑，也不愿接受没有他的幸福和快乐。

小悉达多住进茅舍后，两位老人就分了工。瓦稣迪瓦独自承担渡口的工作，悉达多则和儿子忙于茅舍和田间活计。

几个月来，悉达多一直期待儿子能理解他，接受他的爱，甚至对他的爱有所回应。几个月来，瓦稣迪瓦也默默观望，期待。一天，小悉达多又折磨父亲，对他任性不逊，还打碎两个饭碗。当晚，瓦稣迪瓦把朋友叫到一边，同他交谈。

"原谅我，"他道，"出于善意，我得和你谈谈。我看到你折磨自己。你很苦恼。亲爱的，你的儿子让你担忧。我也担忧他。这只小鸟在另一个巢穴过惯了另一种生活。他不像你，出于憎恶和厌倦逃离城邑和富裕的生活。他是违背意愿，不得不放弃那一切。我问河水，哦，朋友，我多次求问河水，可河水只报以嘲笑。它笑我，也笑你。它颤抖着嘲笑我们的愚蠢。水归于水。年轻人归于年轻人。你儿子待在一个让他不快的地方。你也问河水，听取河水的意见吧！"

悉达多苦闷地望着他可亲的脸，这张脸上细密的皱纹间驻满喜乐。"我怎能和他分开？"他羞愧地轻声道，"亲爱的，给我些时间！你看，我正努力以爱和善意的忍耐争取他，赢得他的心。河水也将跟他交谈。他也是奉召而来。"

瓦稣迪瓦的笑容愈加温和。"是的，他也奉召而来。他也来自永恒的生命。可是你和我，我们知道他为何奉召而来？走什么路？做什么事？受什么苦？他受的苦不会少。心硬又傲慢的人会受很多苦，会迷路，会做错事，会担许多罪孽。我亲爱的，告诉我：你不教育你的儿子？不强迫他？不打他？不责罚他吗？"

"不，瓦稣迪瓦，这些我不做。"

"我知道。你不强迫他，不打他，不控制他，因为你知道柔胜于刚，水胜于石，爱胜于暴。很好，我赞赏你。可你不强迫不责罚的主张，难道不是一种过失？难道你没有用爱束缚他？没有每天用善和忍，令他羞愧为难？你难道没有强迫这自大放肆的孩子，同两个视米为佳肴的老家伙住在茅舍里？老人的思想可不会与孩子相同。他们心境苍老平静，连步态都跟孩子不同。难道这一切不是对孩子的强迫和惩罚？"

悉达多错愕地垂下头，轻声问："你说我该怎么办？"

瓦稣迪瓦道："送他回城里，回他母亲的宅邸，把他交给宅中仆从。如果那里已无人，就带他去找个老师，不是为学知识，而是为让他回到孩子中，回到他的世界。这些你难道没想过？"

"你看透了我的心。"悉达多凄然道，"我常有此想法。可是你看，我怎能把这个心硬的孩子送到那个世界去？难道他不会放肆地沉迷于享乐和权力，不会重复他父亲的过失，不会完全迷失于轮回之中？"

船夫绽放笑容。他温柔地抚摩悉达多的臂膀："朋友，去问河水吧！你听，它在发笑！你果真相信，你的蠢行，能免除他的蠢行？难道你通过教育、祈祷和劝诫，能保他免于轮回？亲爱的，你曾对我讲过引人深思的婆罗门之子悉达多的故事，难道你完全忘记了？是谁保护沙门悉达多免于罪孽、贪婪和愚昧？是他父亲的虔诚，老师的规劝，还是他自己的学识和求索？人独自行过生命，蒙受玷污，承担罪过，痛饮苦酒，寻觅出路。难道有人曾被父亲或老师一路庇护？亲爱的，你相信有人能避开这道路？或许小悉达多能，因为你爱他，你愿意保他免于苦难和失望？但是就算你替他舍命十次，恐怕也不能扭转他命运的一丝一毫！"

瓦稣迪瓦从未说过这么多话。悉达多诚挚道谢后，忧虑着步入茅舍，久久无法入睡。瓦稣迪瓦的话他明白，且都曾思量过。但那只是认知，他无法行动。因为比认知更强烈的是他对孩子的爱，他的柔情，他对失去孩子的恐惧。他何曾如此迷失？何曾如此盲目、痛苦，何曾如此绝望又幸福地爱过一个人？

悉达多无法接受朋友的忠告。他无法送走儿子。他任由他命令他，轻视他。他沉默，等待。每日在内心默默发动善意和忍耐的无声之战。瓦稣迪瓦也宽容体谅地沉默着，等待着。在隐忍方面，他俩都堪称大师。

一次，悉达多在孩子脸上看见迦摩罗的影子。他不禁记起年轻时迦摩罗曾对他说过："你不会爱。"他赞同她的话。那时，他把自己比作孤星，把孩童般的世人比作落叶。尽管他在她的话中听到责备。的确，他从未忘形地热恋一个人。从未全然忘我地去为了爱做蠢事。他从未爱过。他认为这是他与孩童般的世人的根本区别。可是自从儿子出现，他悉达多却成了完全的世人。苦恋着，在爱中迷失；因为爱，而成为愚人。而今，他感受到生命中这迟来的强烈而奇异的激情，遭苦难，受折磨，却充满喜悦，获得新生，变得富足。

他切实感到，对儿子盲目的爱，是一种极为人性的激情。它或许就是轮回，是混沌之泉，黑暗之水。同时他也感到，爱并非毫无价值。它源自天性，是一种必需。爱的欲望该得到哺育，痛苦该去品尝，蠢行该去实践。

儿子最近让他做尽蠢事。他让他低三下四，他的放肆让他每日受尽屈辱。这个父亲既不会取悦儿子，也无法让儿子敬畏。他是个善良、仁慈而温和的好人；或许还很虔诚，是个圣人——可这些德性不能赢得孩子的心。这位父亲让儿子感到无聊，他把他困在这破败的茅舍里，让他感到烦闷。他对他的无礼报以微笑，对他的辱骂报以友善，对他的恶毒报以宽容。这难道不是这个老伪君子可恶的诡计！他宁愿他恐吓他，虐待他。

这天，小悉达多爆发了。他公然反对父亲。父亲派他去捡柴，他却不肯踏出茅舍，他傲慢恼怒地站着，用力踏地，紧攥拳头，仇视而轻蔑地朝父亲吼叫。

"你自己去捡柴吧！"他大发雷霆，"我不是你的奴仆！我知道你不会打我，你根本不敢！我知道你要用你的虔诚和宽容来惩罚我，羞辱我。你希望我像你一样虔敬、温顺、明智！可是我，你听着，我要让你痛苦。我宁愿做扒手、杀人犯、下地狱，也不愿做你！我恨你。你不是我父亲，哪怕你做过我母亲十次的姘夫！"

他愤怒又悲伤，粗野又恶毒地咒骂父亲。之后夺门而去，深夜才回来。

次日一早，他不见了。随之无踪的还有小船和盛放船钱的树皮编织的双色篮篓，里面有些铜板和银币。悉达多发现小船泊在对岸，孩子已逃走。

"我得去追他。"悉达多道，尽管他因孩子昨天的辱骂悲痛得发抖，"一个孩子根本无法独自穿过森林。他会丧命。瓦稣迪瓦，我们得扎个竹筏过河。"

"我们扎个竹筏吧。"瓦稣迪瓦道，"也好把孩子带走的船取回。可是他，你该放他走。朋友，他不再是孩子了，他会保护自己。他要回城里，他做得对。别忘了这点，他做的，正是你耽搁的事。他设法走自己的路。啊，悉达多，我看见你在承受被人付之一笑的痛苦。不久，你也会嘲笑自己的痛苦。"悉达多并未作答。他已拿起斧子开始扎竹筏，瓦稣迪瓦帮他用草绳捆扎竹筏，之后他们划向对岸。筏子被河水远远地冲向下游，他们奋力逆流而进，终于抵达对岸。

"你为何带着斧子？"悉达多问。

"我们的船桨可能已经丢失。"瓦稣迪瓦答。

悉达多清楚朋友的想法。他想,孩子为报复,为阻止他们追赶,会将船桨扔掉或损坏。果然,船里没有船桨。瓦稣迪瓦指着船底,微笑望着朋友,似乎在说:"难道你没看出他的意思?难道你没看出他不愿被人跟随?"可他并未说出。他开始动手制作新船桨。悉达多则同他道别,去寻找逃跑的孩子。瓦稣迪瓦没有阻拦。

悉达多在林中走了很久,他意识到寻找毫无意义。儿子要么早已走出森林,抵达城里;要么还在路上。但他若见有人跟踪,定会躲藏起来。他继续思考,发觉自己并不为儿子担心。他心里清楚,儿子既不会丧命,也不会在林里发生意外。可他却不能停下脚步,不是为救孩子,只为盼着或许还能见上一面。他就这样一直走到城里。

在临近城里的大路上,他驻足于那座曾经属于迦摩罗的漂亮花园门口。就是在这里,他第一次见到轿中的迦摩罗。记忆重现,他仿佛看见一位年轻沙门,胡须蓬乱,赤身露体,头上布满灰尘。悉达多长久驻足。透过敞开的门,他朝花园望去,见穿僧衣的僧人们在苍翠的树下走动。

他伫立着,沉思着。过去的生活似一幅画卷展现眼前。

他伫立良久，望着往来的僧人，就像望着年轻的自己和迦摩罗漫步于苍翠的树下。他清晰地看见他如何受到迦摩罗的款待，如何得到她的第一个吻，如何自负而轻蔑地回顾他的婆罗门岁月，自豪又充满渴望地开始世俗生活。他看到迦摩施瓦弥，看到仆人、盛宴、赌徒、乐师，看到笼中的知更鸟。他似乎坠入轮回，再次经历一切，再次衰老、疲惫、恶心，再次渴望解脱，再次靠神圣的"唵"得到治愈。

在花园门口长久伫立后，悉达多意识到，他进城的渴望是愚蠢的。他不能帮助儿子，也不该牵绊他。他深爱着逃走的孩子。他的爱像一道伤口。他感到伤口的存在不该只为在心中溃烂，它应该风化、发光。

可眼下这伤口尚未风化发光。它让他感到忧伤。在这块伤口上，去追寻儿子的渴念已消失无踪，徒留虚空一片。他忧伤地席地坐下，感到内心的一些东西正在死去。他感到虚无，看不到快乐，也没有目标。他坐下，禅定，等待。他跟河水学会了等待、忍耐、倾听。他坐在尘土中倾听，倾听自己疲惫又哀伤的心跳，等待某种声音。他倾听了个把钟头，再也看不见任何景象，听凭自己沉沦，陷入空无，看不到前路。当伤口灼痛时，他就无声默诵"唵"，让自己被"唵"

充满。花园里的僧人见他坐了许久，花白的头发上已满是尘土。一位僧人过来，在他面前放下两只芭蕉。他并未看见。

恍惚中，一只抚摩他肩头的手将他唤醒。他马上认出这种温柔又忠贞的抚慰，回过神来。他起身，向追来的瓦稣迪瓦问好。他望着瓦稣迪瓦可亲的脸，细密的皱纹间洋溢的笑，望着他明亮的双眼，也跟着微笑起来。他看见了面前的芭蕉，拾起来，递给船夫一只，自己吃一只。之后，他跟随瓦稣迪瓦默默穿过森林，回到渡口。他们都不提今天发生的事，不提孩子的名字，不提他的逃走，谁也不触碰伤口。悉达多回到茅舍后躺在床上。瓦稣迪瓦走来递给他一碗椰汁，发现他已经睡着。

# 唵

伤口仍久久灼痛。悉达多见到携儿带女的船客总不免羡慕，哀怨："为何我不拥有这万千人拥有的幸福？即便恶人、窃贼、强盗，也有爱他们、他们爱的孩子，为何独我没有？"他就这样简单地、毫无理智地哀怨着，和世人一模一样。

如今，他待人比从前少了聪明、傲慢，多了亲切、好奇、关心。如今，他见到那些常客—— 孩童般的世人，商人、兵士、妇人，不再感到陌生：他理解他们。理解并同情他们不是由思想和理智，而是由冲动和欲望掌管的生活。他感同身受。尽管他已近乎完人，只承受着最后的伤痛，却视世人如兄弟。他不再嘲笑他们的虚荣、欲望和荒谬，反而通晓他们，爱戴敬重他们。母亲对孩子盲目的爱，父亲痴愚盲目地为独子骄傲，卖弄风情的年轻女人盲目狂野地追求珠宝和男人猎艳的目光——对现在的悉达多来说，所有这些本能、简单、愚蠢，却极为强烈鲜活的欲望不再幼稚。他看到人们为欲望而活，因欲望不断创造、出行、征战，不断受难。他爱他们。他在他们的每种激情、每种作为中看到生命、生机，看到坚不可摧之物和梵天。他在他们盲目的忠诚、盲目的强悍和坚韧中看到可爱和可敬之处。世人和学者、思想者相比应有尽有，除了唯一微不足道的东西：自觉。对生命整体的自觉思考。时常，悉达多甚至怀疑自觉的价值被高估，或许它只是思想者的天真。思想者只是思想的孩童般的世人而已。其他方面，世人和智者不仅不相上下，反而时常考虑得更深远。就如同动物在必要时强劲决绝的作为，往往胜于人类。

一种认知逐渐在悉达多头脑中壮大，成熟。究竟什么是智慧？什么是他的目标？不过是在生命中的每个瞬间，能圆融统一地思考，能感受并融入这种统一的灵魂的准备，一种能力，一种秘密的艺术。这种认知在悉达多头脑中繁盛，又反映在瓦稣迪瓦苍老的童颜上：和谐、喜悦、统一，对永恒圆融世界的学识。

可伤口依然灼痛。悉达多苦苦思念着儿子。他耽于爱和柔情，任凭痛苦吞噬，体验一切爱的痴愚。这火焰无法自行熄灭。

这天，伤口又灼痛得厉害。悉达多被渴望折磨。他毅然渡河登岸，进城寻子。正值旱季的河水轻柔涌动，水声却有些奇特：它在笑！它的确在笑。它清脆响亮地嘲笑着老船夫。悉达多停下脚步，俯身贴近水面倾听。他看见平静的水面上倒映出他的脸，这张脸似乎让他记起遗忘的往事。他沉思片刻，继而发觉这张脸跟一张他熟悉、热爱又敬畏的脸十分相似。那是他父亲的脸，那个婆罗门的脸。

他记起年轻时曾如何迫使父亲答应他出门苦修，如何同父亲告别，如何离家，之后又再未回去。难道父亲不是为他受苦，如同他现在为儿子受苦？难道父亲不是再没见到儿子，早已孤零零地死去？这难道不是一幕奇异又荒谬的谐剧？不是一场宿命的轮回？

河水笑着。是的，正是如此。一切未受尽的苦，未获得的救赎都会重来。苦难从未改变。悉达多重新登船，返回茅舍。他想着父亲、儿子，内心挣扎着，几近绝望。他被河水嘲笑，也想跟随河水大声嘲笑自己和整个世界。啊，这伤口尚未风化，他的心仍在抗拒命运，他的苦难仍未绽放喜悦和胜利的光华。可他却感受到希望。回到茅舍后，他迫切要向瓦稣迪瓦倾诉，向这位倾听大师敞开心扉。

瓦稣迪瓦正坐在茅舍里编一只篮篓。他的视力开始衰退，臂力大不如前，已经不再渡船。只是他脸上的善意和喜乐未曾改变。

悉达多坐在老人身边，慢慢说起他从未说过的事。说他上次进城寻子后内心留下的伤口，说他羡慕那些幸福的父亲，说他对这愚念的认识，说他内心徒劳的挣扎。他坦白最狼狈的事，无所顾忌地暴露伤口。他说他今天如何被灼痛击败，孩子气地逃过河，非进城不可，河水又如何嘲笑他。

他说了许久。瓦稣迪瓦安静地倾听。悉达多感到瓦稣迪瓦此刻的倾听比以往更加有力。他将痛苦、惶恐、隐秘的希望传递给他，又被他传递回来。向这位倾听者袒露伤口，如同在河中沐浴，伤口冷却后与河水合一。在不断的述说、坦白和忏悔中，悉达多愈加感到，倾听者不再是瓦稣迪瓦，不再是一个人。这位不动声色的倾听者接纳他的忏悔，如同树木接纳雨水。他是神的化身，是永恒的化身。悉达多不再舔舐伤口，对瓦稣迪瓦认知的改变占据了他。他认知得愈深，愈不再诧异，愈看得清楚。一切都自然，有序。瓦稣迪瓦一直如此，只是不为他所知。即便是他自己，也几乎未曾改变。他感到他看待瓦稣迪瓦，如同世人看待诸神。这不会长久。他一边述说，一边在心中与瓦稣迪瓦告别。

悉达多讲罢，瓦稣迪瓦亲切地默默望向他，双目恍惚。无声的爱和喜悦、理解和明了闪耀在他周身。他拉起悉达多的手，走向岸边，坐下。他们一起微笑着望向河水。

"你听见了河水的笑声。" 瓦稣迪瓦道，"但你尚未听见全部声音。我们倾听吧，你会听到更多。"

他们倾听河水温柔的合唱。悉达多凝视水面，望见流动的水上浮现出许多画面：他看见孤单的父亲哀念着儿子，孤单的自己囚禁在对远方儿子的思念中；他看见孤单年少的儿子贪婪地疾进在炽烈的欲望之路上。每个人都奔向目标，被折磨，受苦难。河水痛苦地歌唱着，充满渴望地歌唱着，不断涌向目标，如泣如诉。

"你可听见？"瓦稣迪瓦以目光无言相问。悉达多点头。

"再听！"瓦稣迪瓦轻声道。

悉达多加倍专注于倾听。父亲、自己和儿子的形象交汇。还有迦摩罗、乔文达、其他人，他们的形象交汇并融入河水，热切而痛苦地奔向目标。河水咏唱着，满载渴望，满载燃烧的苦痛和无法满足的欲望，奔向目标。悉达多看见由他自己，他热爱的、认识的人，由所有人组成的河水奔涌着，浪花翻滚，痛苦地奔向多个目标，奔向瀑布、湖泊、湍流、大海；抵达目标，又奔向新的目标。水蒸腾，升空，化作雨，从天而降，又变成泉水、小溪、河流，再次融汇，再次奔涌。然而渴求之音有所改变，依旧呼啸，依旧满载痛苦和寻觅，其他声音，喜与悲、善与恶、笑与哀之声，成千上万种声音却加入进来。

悉达多侧耳倾听。他沉潜于倾听中，彻底空无，完全吸纳。他感到他已完成了倾听的修行。过去，他常听到河水的万千之音，今天却耳目一新。他不再分辨欢笑与哭泣之声、天真与雄浑之声。这些声音是为一体。智者的笑，怒者的喊，渴慕者的哀诉，垂死者的呻吟，纠缠交织着合为一体。所有声音、目标、渴望、痛苦、欲念，所有善与恶合为一体，构成世界，构成事件之河，生命之音乐。当他专注于河水咆哮的交响，当他不再听到哀，听到笑，当他的灵魂不再执念于一种声音，自我不再被占据，而是倾听一切，倾听整体和统一时，这伟大的交响，凝成了一个字，这个字是"唵"，意为圆满。

"你可听见？"瓦稣迪瓦的目光再次无声相问。

他的皱纹被灿烂的笑点亮，就像"唵"盘旋在河水的交响之上。他的笑容充满光明。他亲切地瞥向悉达多，悉达多的笑容同样耀眼。他的伤口已绽放，痛苦已风化，他的自我融入统一之中。

此刻，悉达多不再与命运搏斗，不再与意志作对。他的痛苦已然止息，他的脸上盛放喜悦。他认知了完满，赞同事件之河，赞同生活的奔流，满是同情，满是喜悦，顺流而行，融入统一。

瓦稣迪瓦起身，注视悉达多的眼睛，看到他眼中闪耀着认知的欢乐。他轻抚他的肩膀，谨慎而温柔地说道："我在等候这一时刻，亲爱的，现在它终于来临。让我走吧，我已等候良久，我已做了太久的船夫。现在已结束。祝福你，茅屋，河水；祝福你，悉达多！"

悉达多向辞行者深深鞠躬。

"我早已知道。"他轻声道，"你要去林中？"

"我要去林中，去融入统一。"瓦稣迪瓦光芒四射。

悉达多怀着深深的喜悦与诚挚目送他远去。他步伐平和，浑身满是华彩，满是光明。

# 乔文达

　　乔文达曾和其他僧侣一道，在名妓迦摩罗赠予乔达摩弟子的林苑内，度过一段休憩时光。他听说距此一天路途的河畔，住着位船夫。他是一位圣贤。离开林苑后，乔文达选择前往渡口方向，期盼见到船夫。尽管他一生遵循僧规，因高龄谦逊受到青年僧人的敬重，但他的不安与探求尚未止息。

　　抵达河畔后，他请求老人渡他过河。下船时，他道："船夫，你对僧人和朝圣者十分友善。你渡许多人过河。你可是位求道者？"

　　悉达多苍老的双眼饱含笑意。他道："可敬的人，你已年迈，仍穿着乔达摩弟子的僧服。你自认是位求道者吗？"

　　"我确实已老迈。"乔文达道，"但我尚未停止探求，永远不会停止探求。这看来是我的使命。你也曾探求，尊敬的人，你可愿说与我听？"

悉达多道："可敬的人，我该对你说什么？说你探求过多？还是说你的探求并无所获？"

"怎么？"乔文达问。

"一个探求之人，"悉达多道，"往往只关注探求的事物。他一无所获，一无所纳。因为他一心想着探求，被目的左右。探求意味着拥有目标。而发现则意味自由、敞开、全无目的。可敬的人，你或许确实是位探索者。但你却因努力追求目标，而错过了些眼前事物。"

"我尚未完全明白，"乔文达请求道，"此话怎讲？"

悉达多道："多年前，可敬的人，你到过河畔，遇见一位酣睡之人。你守候他安眠，哦，乔文达，你却并未认出他。"

"你是悉达多？"他惊诧地问，"这次我又未认出你！我衷心问候你，悉达多，又见到你我由衷高兴！你变化很大，朋友。——你又成为了船夫？"

悉达多亲切地笑道："是的，乔文达。我是船夫。有些人不断变化，着各式衣装，我亦如此。亲爱的，欢迎你，乔文达，今晚你在我的茅舍留宿吧。"

乔文达在茅舍留宿，睡在瓦稣迪瓦从前的床上。他向年轻时的好友提出诸多问题，而悉达多则向他讲述自己的生活。

次日清晨，继续赶路的时辰已到。乔文达不无犹豫，他道："在上路之前，悉达多，请允许我再提一个问题。你可有自己的学说？可有指引、帮助你生活的信仰或学问？"

悉达多回答："你知道，亲爱的，年轻时我们和苦行僧一同生活在林中。那时，我就怀疑、背离了种种学说和老师。现在我依然如此。可打那以后，我却有过多位老师。很长时间，一位美艳的名妓做过我的老师。还有一位富商，几个赌徒。一次，一位僧人在朝圣路上见我睡在林中，停下来守候我，他也是我的老师。我向他学习，感激他。但我所学最多的，是跟随这条河和我的前辈，船夫瓦稣迪瓦。他是位质朴的人，并非哲人，但他对运命的深解有如乔达摩。他是完人，圣人。"

乔文达道："哦，悉达多，你和从前一样喜欢说笑。我相信你，知道你并未追随任何老师。但你自己，即便没有学说，也该有某些你特有的、扶持你生活的思想和认知。如果你愿意讲讲，我会由衷高兴。"

悉达多道："我有过思考，对，也有过认知。有时，一个时辰或一日，我被认知充满，如同人们在心中感知生命。有些认知很难与你分享。你看，我的乔文达，这就是我的认知：智慧无法言传。智者试图传授智慧，总像痴人说梦。"

"你在说笑？"乔文达问。

"我并未说笑。我说的是我的认知。知识可以分享，智慧无法分享，它可以被发现，被体验。智慧令人安详，智慧创造奇迹，但人们无法言说和传授智慧。这是我年轻时发现，并离开老师们的原因。我有一个想法，乔文达，你又会以为是我的玩笑或痴愚，但它是我最好的考量：真的反面同样真实！也就是说，只有片面的真才得以以言辞彰显。可以思想和言说的一切都是片面的，是局部，都缺乏整体、完满、统一。世尊乔达摩在宣法和谈论世界时，不得不将世界分为轮回和涅槃、幻象和真相、苦与救赎。宣法之人别无他途，而我们周围和内在的世界却从未沦于片面。尚无一人，尚无一事，完全轮回或彻底涅槃。尚无一人绝对神圣或绝对罪孽。之所以如此，是因为我们受制于幻象，相信时间真实存在。时间并不真实存在，乔文达，我时有感悟。而如果时间并非实在，世界与永恒、苦难与极乐、善与恶的界限亦皆为幻象。"

"怎么？"乔文达谨慎问道。

"听好，亲爱的。你听好！罪人。我是罪人，你是罪人。但罪人终将成为梵天，证悟涅槃，得以成佛。只是，这'终将'乃为幻象。仅是譬喻！罪人并未走在成佛之路上，他并未处于发展中——尽管我们的思维认为其处于发展中，无法具备其他想象。不，在罪人身上，现在和今天的他即是未来的佛。他的未来已然存在。你须将罪人、你自己和一切人，尊为将成之佛、可能之佛、隐匿之佛。乔文达，我的朋友，世界并非不圆满。世界并非徐缓地行进在通向圆满之路：不，世间的每一瞬间皆为圆满。一切罪孽都承载宽赦，所有孩童身上都栖息老人，所有新生儿身上都栖息亡者，所有将死之人都孕育永恒的生命。没人能看清他者的道路。强盗和赌徒的路或许通向佛陀，婆罗门的路或许通往强盗。在最深的禅定中存在这种可能：时间被终结，人视过往、当下和未来的生活为同时。这时，一切皆为善、圆满和梵天。因此在我看来，世间存在的一切皆好。在我看来，死如同生，罪孽犹如神圣，聪明等同愚蠢。一切皆有定数，一切只需我的赞赏、顺从和爱的默许。这样于我有益，只会促进我，从不伤害我。我听便灵魂与肉体的安排，去经历罪孽，追逐肉欲和财富，去贪慕虚荣，以陷入最羞耻的绝望，以学会放弃挣扎，学会热爱世界。我不再将这个世界与我所期待的，塑造的圆满世界比照，而是接受这个世界，爱它，属于它。——哦，乔文达，这就是我的一些思考和感悟。"

悉达多弯腰，拾起地上的一块石头，在手中掂量。

"这个，"他摆弄着，"是一块石头。一段时间后，它或许成为土，生出植物，变成动物，变成人。过去我会说，它不过是块石头，毫无价值，属于幻象世界。或许它在进化轮回中变成人或鬼，那么我赋予它价值。过去我这么想。但今天我却想，这块石头就是石头。它也是动物，是神，是佛。我不会因它终将变为这个或那个而敬爱它，而会因为它一直是石头——正因为它是石头——今天和现在出现在我面前的石头而爱它。看到它每条纹理中，每道沟渠中，黄色、灰色中，坚硬中，我敲击它发出的声音中，它表面的干燥和潮湿中存在的意义和价值。有些石头如油如皂，有些像叶似沙，每块石头都不同，都以其特有的方式念诵着'唵'。每块石头都是梵天，但同时，它又确实是石头。油腻，光滑。恰恰是这些让我欢喜，感到惊奇，产生崇敬——但我不想继续言说。对于隐匿的意义来说，言语无益。它总在言说中歪曲，变异，变蠢——是，即便这一点也极好，令我欢喜。一个人的宝藏与智慧，在他人听来却是愚痴，连这我也认同。"

乔文达默不作声。

"你为何与我说一块石头？"他停顿后，迟疑地问。

"并无意图。或许我想说，我爱石头、河水，爱所有我们可见并可以求教之物。我爱一块石头，乔文达，爱一棵树或一块树皮。这些是物，可爱之物。但我不爱言辞，学说于我毫无价值。它们没有力，没有柔，没有颜色，没有棱角，没有气味和味道。作为言辞，它一无所有。或许正是言辞阻碍你获得安宁。因为救赎与美德，轮回与涅槃也只是言辞。世上并无涅槃，涅槃只是个言辞。"

乔文达道："涅槃不只是言辞，朋友，它是思想。"

悉达多继续道："它是思想，或许。亲爱的，我必须承认我并不区分思想和言辞。坦率地说，较于思想，我更看重'物'。正如曾在这条船上的前辈和师长，那位圣人。多年来，他除了信奉河水，并无其他信仰。他发觉河水与他交流，于是学习河水，向它讨教。河水是他的神。多年来，他并不知道每阵风、每片云、每只鸟、每条虫都同样神圣。它们所知甚多，亦可赐教，正如可敬的河水。但这位圣人在步入林中时已了悟一切。他比你我了悟得更多。他没有教义，没有书籍，他只信奉河水的启迪。"

乔文达道："可是，你所说之'物'是真实、实在的吗？它不是玛雅的幻象，不是图景和假象？你的石头、树，你的河——它们是真实的吗？"

悉达多道："我并不为'物'是否虚幻而忧虑，连我也可能只是个幻象。因此，我同'物'并无区别。我因此觉得它们值得热爱和敬重——我们并无区别。我因此热爱它们。你一定笑话我这种说法，乔文达，对于我来说，爱乃头等要务。审视世界、解释世界或藐视世界，或许是思想家的事。我唯一的事，是爱这个世界。不藐视世界，不憎恶世界和自己，怀抱爱，惊叹和敬畏地注视一切存在之物和我自己。"

"我理解。"乔文达道，"但世尊视之为虚妄之相。他宣讲良善、仁慈、同情、宽容，而不是爱。他禁止我们的心桎梏于尘世之爱。"

"我知道。"悉达多道，他的笑容熠熠发光，"我知道，乔文达。你看，我们陷入见解分歧、言辞之争。我无法否认，我的爱之言辞悖于乔达摩的法义。为此我十分怀疑言辞。因为我知道，这种悖论只是幻象。我知道，我同乔达摩信念一致。他怎会不了解爱。他熟稔人性的无常、空幻，却依然深爱并倾尽一生去助佑、教导世人。在我看来，在这位伟大的导师心中，爱事物胜于爱言辞。他的作为和生命重于他的法义。他的仪态重于言论。我认为他的伟大不在他的法义中、思想中，而在他的生命中。"

两位老人久久沉默后，乔文达鞠躬道别。他道："我感谢你，悉达多，感谢你说出你的想法。一些奇特的想法我不能马上领悟。顺其自然。我感谢你，祝你平安！"

可他心中暗自思量的是：悉达多是位怪人。他所言甚为古怪。他的学说显得疯狂。世尊的精辟法义则明了、简洁、易懂，不含任何古怪疯狂或荒谬的内容。但悉达多的手脚、他的双眼、额头，他的微笑、问候和姿态却不同于他的思想。自世尊佛陀步入涅槃，悉达多是唯一一位我见过的圣人，他让我感受到他的神圣！他学说古怪，言辞疯狂，但自从佛陀圆寂，我尚未在他人身上见到如悉达多般的目光、手足、皮肤、头发，他周身释放的纯洁、安宁、光明、祥和与神圣。

乔文达思量着，内心十分矛盾。爱驱使他再次向悉达多鞠躬，向这位平静端坐之人深深致敬。

"悉达多，"他道，"我们老了，恐怕再难相见。亲爱的，我认为你已寻得安宁。而我尚未收获。敬爱的人，为我再讲几句我能领悟的话！送我上路。悉达多，我的路时常艰难，时常昏暗。"

悉达多默默地，以惯常的平静微笑望向他。乔文达注视他的脸，带着畏惧与渴望。他眼中写满痛楚，写满永恒的探求和永恒的失落。

悉达多看在眼里，微笑着。

"弯下腰！"他轻声道，"过来弯下腰！再近些，近些！吻我的额头，乔文达！"

乔文达十分惊讶。但爱和一种预感驱使他遵照悉达多的话，弯腰凑近他，亲吻他的额头。这时，奇迹发生了。在他仍思量悉达多古怪的言辞时，在他徒劳地试图抛却时间、想象涅槃与轮回是为一体时，在他对悉达多言辞的蔑视和对他强烈的爱与敬重对峙时，发生了奇迹：

他不再看见悉达多的脸。他看见许多旁人的脸，长长一队。他看见一条奔腾的面孔之河。成百上千张脸生成、寂灭，又同时存在、展现。这些脸持续地改变着、更新着。却又都是悉达多的脸。他看见鱼的脸。一条将死的鲤鱼不断张开痛苦的嘴，鱼眼泛白——他看见新生婴儿的脸抽搐着，红润，满是褶皱——他看见凶手的脸，看见他将匕首刺入另一人体内——他看见同一秒内凶手被捆绑着跪倒在地，刽子手一刀砍下他的头颅——他看见赤裸的男女，以各种体位，爱恨交织着行云雨之事——他看见横陈的尸首，无声，冰冷，空乏——他看见动物的头，猪头，鳄鱼头，象头，牛头，鸟头——他看见诸神，克利须那神[1]，阿格尼神[2]——他看见千万人和他们的脸以万千方式交织一处。他们互助，相爱，相恨。他们寂灭，重生。他们满是死意，满是对无常强烈而痛苦的信奉。可他们无一人死灭，只是变化，新生，重获新脸。并无时间位于这张脸和过去的脸之间——所有形象和脸静止，流动，自我孕育，漂游，彼此融合。这一切之上持久回旋着稀薄的、不实又实在之物。有如薄冰或玻璃，有如透明的皮肤或薄纱，有如一种水的形式与面具。这面具是悉达多的脸。是乔文达亲吻他额头的瞬间，他微笑的脸。乔文达看见面具的微笑，这微笑同时覆盖千万新生与死亡。这微笑安详、纯洁、微妙，或慈悲，或嘲弄，充满智慧，和乔达摩

---

1 Krischna，毗湿奴化身之一。
2 Agni，印度神话中的火神。

的微笑一致。就像他千百次以敬畏之心亲眼所见的佛陀乔达摩的千百种微笑。乔文达知道，这是圆成者之笑。

乔文达不知时间是否存在，不知这情境持续了一秒还是百年，不知是否有悉达多，有乔达摩，是否有"我"和"你"。乔文达的心似乎被神箭射中，伤口却流着蜜。他陶醉着，释放着喜悦。他伫立片刻后俯身望向刚刚亲吻过的悉达多的脸，望向悉达多刚刚呈现了一切形象，一切将成者、存在者和过往者的脸。这张脸并未改变。万千幻象从表面退去后，他的微笑平静、轻柔，或慈悲，或嘲讽，正如佛陀的微笑。

乔文达深深鞠躬。泪水在不知不觉中流满他苍老的脸。如同火焰点燃他心中最深的爱和最谦卑的敬意。他深深地鞠躬到地，向端坐的悉达多致意。悉达多的微笑让他忆起一生中爱过的一切，忆起一生中宝贵和神圣的一切。

全书完

# 译后记

本书出版前，前辈们已为读者奉献过几种优秀的《悉达多》中译本。为此，我的翻译工作在深感卑微中开始，结束。这一持续几近一年的工作虽有困苦，但带来的收获却难以言表。

研究德国作家、诗人、画家赫尔曼·黑塞的名著《悉达多》的著作颇丰。迄今主要研究涉及两方面：一方面为荣格的分析心理学对黑塞及《悉达多》的影响。这一研究不仅围绕黑塞在荣格处接受心理治疗的人生经历展开，也阐明荣格的分析心理学在文本中隐匿的闪现。荣格的分析心理学和心理治疗，帮助当时的黑塞走出难以承受的精神危机和生活危机，也在《悉达多》的创作遭遇困阻时寄予厚力，并为整部作品的形成作出贡献。针对《悉达多》更为广泛的研究落在文本中的宗教与哲学寓意上，囊括发现其中的基督教、印度教、佛教和道教精神。早期研究者将印度教作为考察该书的着眼点。鲁道夫·潘卫慈[1]的著作和韩国学者李仁雄[2]的论文则最早最深刻地将调查落实到整个东方文化与宗教上。夏瑞春的著作《黑塞与中国》[3]的出版明确了这一研究方向。这一富有价值的文献为后来者研究"黑塞与东方"打下基础。乌苏拉·齐的《中国智慧与〈玻璃珠游戏〉》[4]鲜明地阐述了黑塞的中国观。1990年代的研究持续集中在东方智慧对《悉达多》的影响上，这从柳维坚的著作[5]和安德列亚斯·特勒的论文[6]中可见一斑。克里斯托弗·盖尔纳的论著《黑塞与东方精神性》[7]分别以精神分析、基督教、佛教、印度教、东方文明为切入口，他的阐释令《悉达多》的研究更为深入。[8]此外，

---

1 Rudolf Pannwitz: *Hermann Hesses West-Östliche Dichtung*, Frankfurt a.M. 1957.
2 Lee Inn-Ung: *Ostasiatische Anschauungen im Werk Hermann Hesses*, Diss. Würzburg 1972.
3 Adrian Hsia: *Hermann Hesse und China. Darstellung, Materialien und Interpretationen*, Frankfurt a.M. 1974.
4 Ursula Chi: *Die Weisheit Chinas und „Das Glasperlenspiel"*, Frankfurt a.M. 1976.
5 Liu Weijian: *Die daoistische Philosophie im Werk von Hesse, Döblin und Brecht*, Bochum 1991.
6 Andreas Thele: *Hermann Hesse und Elias Canetti im Lichte ostasiatischer Geistigkeit*, Diss. Düsseldorf 1992/1993.
7 Christoph Gellner: *Hermann Hesse und die Spiritualität des Ostens*, Düsseldorf 2005.
8 本段"研究概况"部分选译自 Tanja Eisentraut 的论文《佛教对赫尔曼·黑塞的〈悉达多〉的影响》（*Einfluss des Buddhismus auf Hermann Hesses Siddhartha*）中的第二节。出自 http://www.mythos-magazin.de。特此声明并感谢。

有大量中国学者致力于黑塞及其创作的研究。我借此感谢因翻译工作而阅读的内容庞杂的中外书籍及资料的写作者们。

该书副题为"Eine indische Dichtung",译作"一首印度的诗"。尽管基于上述考查,集中于东方智慧的研究成果削弱了《悉达多》中的印度观念。"印度"仅作为一种功能,作为东方救赎之路的一种举证出场。但不能否认这一副题及印度对该书的重要性。"Dichtung"可译作诗、文艺作品或文学创作。称之为"诗"的考量是:诗对美的理想,诗的包容性以及该书中广泛的诗意。黑塞的语言是美的——《悉达多》是一部完全是诗的、充满歌咏性、音乐性的,光彩夺目的杰作。尽管我的译文不能完全实现黑塞的诗意,但其诗的本性与精神显而易见。

"印度是沉醉于上帝的国度和民族。"[1]在我有限的印度之旅中,黑塞的《悉达多》一直陪伴我(那时我却不知道自己能在未来翻译它)。在恒河边沐浴禅定的虔敬者身上,在一无所有、黢黑瘦削的沙门身上,在贩卖精油和香料的商人家中,在一双坐于门墩上调情的男女的眉宇间,在一个孩子清澈无辜

---

1 林语堂语。出自《印度的智慧》,林语堂著,杨彩霞译。陕西师范大学出版社,2008年。

的大眼中，在黄昏的河畔，一对时而倾心交谈时而沉默不语的印度青年的背影中，或在一棵树、一块石、一片叶、一捧沙中，我看见悉达多。我所见的，和我所读的，交响着，打动我——真是奇妙的旅程与恩典！我内心的赞美与悸动或许召唤了翻译该书这一命运——这些影像，深刻地保留在我的脑海，并在日后的翻译过程中不断得到清晰的再现。

伴随黑塞的书写，我也在悉达多的步履中经历他的告别：告别双亲及家园，告别朋友及老师，告别佛陀，告别挚爱，告别旧我。这些残酷的告别或许是人生真相，或许是获得神性自我，获得对万物、对人、对世界更为广大的宽容与爱的必经之路。我看见佛陀。他光明圆满，神圣温柔。我看见他庄严、永恒而迷人的微笑。当悉达多阴郁地走进柠果园，感受胸中的痛苦和死意时，我看见耶稣在客西马尼园中痛饮最后忧伤的一杯，几乎要死，在孤苦和惊恐中渴望一丝属人的警醒与陪伴。在河水的咏唱中，我听见一部巴赫的弥撒[1]，听见至高者

---

1 "写给巴赫的诗并非来自音乐，而是来自画面。这种诱发心灵强烈诉求的音乐有如创世之光。我看见它照耀在一片混沌之上，将幻境与影像带到世间。光明的，黑暗的，立体的，临在的和隐喻的。它是一种活跃的行进。在巴赫的音乐中已经存在了一个完美而卓越无瑕的宇宙。"——黑塞精通音乐。这段文字译自赫尔曼·黑塞 1935 年 6 月致卡洛·伊森伯格（Carlo Isenberg，本名 Karl Hermann Isenberg，黑塞的侄子）的信件。献给读者。

的死与复活，听见一个人的爱与受难的一生……

　　我希望我曾诚实地赞美过。希望我亲爱的读者能在阅读中有所触动。我感谢编辑、出版人，感谢在翻译过程中给予帮助和鼓励的老师和朋友们。


姜乙

2016年11月于北京

赫尔曼·黑塞 | Hermann Hesse

（1877—1962）

作家，诗人，画家

1877年生于德国，1924年入籍瑞士

1946年获诺贝尔文学奖

20世纪六十年代美国掀起过阅读黑塞的热潮

被誉为德国浪漫派的最后一位骑士

主要作品

1904 《彼得·卡门青》　　　1925 《温泉疗养客》

1906 《在轮下》　　　　　　1927 《荒原狼》

1913 《印度札记》　　　　　1928 《沉思录》

1919 《德米安》　　　　　　1930 《纳尔齐斯和歌尔德蒙》

1922 《悉达多》　　　　　　1932 《东方之旅》

1923 《辛克莱的笔记》　　　1943 《玻璃球游戏》

# 悉达多

作者 _ [德] 赫尔曼·黑塞　　译者 _ 姜乙

产品经理 _ 殷梦奇　　装帧设计 _ 沈璜斌　　产品总监 _ 应凡

技术编辑 _ 顾逸飞　　责任印制 _ 杨景依　　出品人 _ 贺彦军

营销团队 _ 毛婷　石敏　郭敏　谢蕴琦

## 鸣谢(排名不分先后)

和菜头　日谈公园　李志明　晚风说　Jade　窦颖　景诗佳　雷霆寒　黄钟

果麦

www.guomai.cn

以　微　小　的　力　量　推　动　文　明

**图书在版编目（CIP）数据**

悉达多 / （德）赫尔曼·黑塞著；姜乙译. -- 天津：
天津人民出版社，2017.1（2024.12重印）
ISBN 978-7-201-11269-5

Ⅰ. ①悉… Ⅱ. ①赫… ②姜… Ⅲ. ①长篇小说－德
国－现代 Ⅳ. ①I516.45

中国版本图书馆CIP数据核字(2016)第319810号

## 悉达多
XI DA DUO

| | |
|---|---|
| 出　　版 | 天津人民出版社 |
| 出 版 人 | 刘锦泉 |
| 地　　址 | 天津市和平区西康路35号康岳大厦 |
| 邮政编码 | 300051 |
| 邮购电话 | 022-23332469 |
| 电子信箱 | reader@tjrmcbs.com |

| | |
|---|---|
| 责任编辑 | 康嘉瑄 |
| 特约编辑 | 韩贵骐 |
| 产品经理 | 殷梦奇 |
| 封面设计 | 沈璀斌 |

| | |
|---|---|
| 制版印刷 | 北京世纪恒宇印刷有限公司 |
| 经　　销 | 新华书店 |
| 发　　行 | 果麦文化传媒股份有限公司 |
| 开　　本 | 787毫米×1092毫米　1/32 |
| 印　　张 | 4.5 |
| 印　　数 | 1,411,101-1,461,100 |
| 字　　数 | 130千字 |
| 版次印次 | 2017年1月第1版　2024年12月第60次印刷 |
| 定　　价 | 32.00元 |